Susan Hill

Das Gemälde

Eine Gespenstergeschichte

*Aus dem Englischen von
Susanne Aeckerle*

Gatsby

Die englische Originalausgabe erschien 2007 unter dem Titel
The Man in the Picture bei Profile Books Ltd., London.
Die deutsche Erstausgabe erschien 2009 im Knaur Verlag, München.

Für den Blick hinter die Verlagskulissen:
www.kampaverlag.ch/newsletter

Gatsby Bücher erscheinen
im Kampa Verlag.

Copyright © 2007 by Susan Hill
Für die deutschsprachige Ausgabe
Copyright © 2020 by Kampa Verlag AG, Zürich
www.kampaverlag.ch
www.gatsbyverlag.ch
Covergestaltung: Kamil Kuzin und Hannah Kolling,
Büro für Gestaltung, Hamburg
Satz: Tristan Walkhoefer, Leipzig
Druck und Bindung: CPI books GmbH, Leck
Auch als E-Book erhältlich
ISBN 978 3 311 27005 8

Stephen Mallatratt
zum Gedenken in Liebe und Dankbarkeit

Prolog

Die Geschichte wurde mir von meinem alten Tutor Theo Parmitter erzählt, während wir an einem bitterkalten Januarabend in seinen College-Räumen am Kamin saßen. In jenen Tagen gab es noch echte Kaminfeuer, die Kohlen vom Diener in großen Messingschütten heraufgetragen. Ich war aus London gekommen, um meinen alten Freund zu besuchen, der inzwischen weit in den Achtzigern war, gesund und munter und nach wie vor von scharfem Verstand, jedoch durch eine starke Arthritis in seiner Bewegungsfähigkeit so eingeschränkt, dass er seine Räume nur unter Schwierigkeiten verlassen konnte. Das College sorgte gut für ihn. Er gehörte zu einem aussterbenden Menschenschlag – der alte Cambridge-Junggeselle, dem das College die Familie ersetzte. Seit über fünfzig Jahren lebte er in dieser angenehmen Wohnung und würde hier auch zufrieden sterben. Mittlerweile hatten es sich eine Reihe von uns – seine ehemaligen Studenten aus zurückliegenden Generationen – zur Angewohnheit gemacht, ihn von Zeit zu Zeit zu besuchen, um ihm Neuigkeiten und ein wenig frischen Wind aus der Welt da draußen zu bringen. Denn er liebte diese Welt. Er begab sich nur noch selten hinaus, doch er liebte den Klatsch, hörte gerne, wer welche Stellung bekommen hatte, wer erfolgreich war, wer für dieses oder jenes hohe Amt auf der Vorschlagsliste stand und wer in welche Skandale verwickelt war.

Ich hatte mein Bestes getan, ihn während des Nachmittags und beim Abendessen zu unterhalten, das uns in seinen Räumen serviert wurde. Ich wollte über Nacht bleiben, mich mit ein oder zwei anderen Leuten treffen und einen kurzen Spaziergang durch mein altes Revier machen, bevor ich am nächsten Tag nach London zurückkehrte.

Aber ich möchte nicht den Eindruck erwecken, dass ich nur aus Mitgefühl einen alten Mann besuchte, der mir seinerseits wenig zu bieten hatte. Im Gegenteil, Theo war eine enorme Bereicherung, geistreich, scharfsinnig und treffsicher, ein wahrer Quell an Geschichten, die nicht nur die weitschweifigen Reminiszenzen eines alten Mannes waren. Er war ein wunderbarer Gesprächspartner – alle, selbst die jüngsten Fellows, hatten stets darum gewetteifert, beim Dinner in der Halle neben ihm zu sitzen.

Es war die letzte Ferienwoche, und im College herrschte Stille. Wir hatten gut gespeist, eine gute Flasche Bordeaux getrunken und streckten uns jetzt bequem in unseren Sesseln an einem gemütlichen Feuer aus. Doch der Winterwind, der wie immer direkt von den Fens kam, heulte um das Gebäude, und gelegentlich prasselten Hagelschauer gegen die Scheiben.

Unsere Unterhaltung war während der letzten Stunde allmählich zum Erliegen gekommen. Ich hatte von all meinen Neuigkeiten berichtet, wir hatten die Welt wieder ins Lot gebracht, und nun, vor dem lodernden Feuer, war das Gespräch ein wenig abgeflacht. Es war sehr behaglich, hier im Lichtschein der beiden Lampen zu sitzen, und ein paar Augenblicke lang meinte ich, Theo sei eingenickt.

Doch dann sagte er: »Wärst du eventuell bereit, dir eine merkwürdige Geschichte anzuhören?«

»Sehr gerne.«

»Merkwürdig und ein wenig verstörend.« Er bewegte sich auf seinem Sessel. Er klagte nie, aber ich vermutete, dass ihm die Arthritis beträchtliche

Schmerzen bereitete. »Genau die richtige Geschichte für so einen Abend.«

Ich warf ihm einen Blick zu. Sein Gesicht, erhellt vom Flackern des Feuers, zeigte einen so ernsten Ausdruck – ich würde beinahe sagen, todernst –, dass es mich erschreckte. »Mach daraus, was du willst, Oliver«, sagte er leise, »aber ich versichere dir, dass die Geschichte wahr ist.« Er beugte sich vor. »Könnte ich dich darum bitten, die Whisky-Karaffe näher zu stellen, bevor ich beginne?«

Ich stand auf und ging zu dem Bord mit den Getränken, und während ich das tat, sagte Theo: »Meine Geschichte handelt von dem Bild zu deiner Linken. Kannst du dich überhaupt noch daran erinnern?«

Er deutete auf ein schmales Wandstück zwischen zwei Bücherregalen, das in tiefem Schatten lag. Theo war immer als gewiefter Kunstsammler bekannt gewesen, als Besitzer einiger recht wertvoller Zeichnungen alter Meister und Aquarelle aus dem achtzehnten Jahrhundert, alle, wie er mir einst erzählt hatte, in seinen jungen Jahren für bescheidene Summen erworben. Ich kenne mich mit Malerei nicht besonders aus, und sein Geschmack entsprach nicht so ganz dem meinen. Aber ich trat zu dem Bild, auf das er deutete.

»Schalte die Lampe dort an.«

Obwohl es ein etwas dunkles Ölgemälde war, konnte ich es jetzt recht gut erkennen und betrachtete es interessiert. Es stellte eine venezianische Karnevalsszene dar. Auf einen Landungssteg neben dem Canal Grande und über den Platz dahinter schob sich eine Menschenmenge in Masken und Umhängen, unter ihnen Gaukler – Jongleure, Akrobaten und Musikanten –, die in Gondeln stiegen, andere bereits auf dem Wasser, die Boote so eng beisammen, dass die Stangen der Gondolieri aneinanderprallten. Das Bild war typisch für jene, deren Schauplätze durch Laternen und Fackeln erleuchtet werden, welche hier und dort einen unheimlichen Schimmer werfen, Gesichter und Farbtupfer der Kleidung und das silbrige Kräuseln des Wassers erhellen, während andere Teile in tiefem Schatten bleiben. Ich fand, dass es etwas Gekünsteltes hatte, aber sicherlich war es ein vollendetes Werk, zumindest für meine unerfahrenen Augen.

Ich schaltete die Lampe aus, und das Bild mit seinen leicht sinistren Nachtschwärmern zog sich wieder in seine dunkle Ecke zurück.

»Ich glaube nicht, dass ich es schon einmal bemerkt habe«, sagte ich und schenkte mir einen Whisky ein.

»Besitzt du es schon lange?«

»Länger, als ich das Recht dazu hatte.«

Theo lehnte sich in seinem tiefen Sessel so weit zurück, dass auch er nun im Schatten war. »Es wird eine Erleichterung sein, jemandem davon zu erzählen. Das habe ich noch nie getan, und es war eine Last. Vielleicht macht es dir nichts aus, mir einen Teil dieser Last abzunehmen?«

So hatte ich ihn noch nie sprechen hören, noch nie diesen todernsten Klang vernommen, aber natürlich zögerte ich nicht, ihm zu versichern, dass ich alles tun würde, was er wünschte, ohne mir jemals vorstellen zu können, was es mich kosten würde, ihm »einen Teil der Last« abzunehmen, wie er es nannte.

I

Meine Geschichte beginnt vor etwa siebzig Jahren, in meiner Kindheit. Ich war ein Einzelkind, und meine Mutter starb, als ich drei Jahre alt war. Ich habe keine Erinnerung an sie. Heutzutage würde sich ein Vater vielleicht bemühen, das Kind allein großzuziehen, zumindest bis er eine zweite Frau findet, aber damals waren die Zeiten ganz anders, und obwohl er mir sehr zugeneigt war, hatte er keine Ahnung, wie man einen kaum den Windeln entwachsenen Jungen versorgte, daher wurden eine Reihe von Kindermädchen und dann Gouvernanten eingestellt. Sie waren alle durchaus freundlich und gutwillig, alle tüchtig, und auch wenn ich mich nur wenig an sie erinnere, verspüre ich eine allgemeine Wärme ihnen gegenüber und der Art, wie sie mich ins Knabenalter führten. Doch meine Mutter hatte eine Schwester, verheiratet mit einem wohlhabenden Mann, der einen beträchtlichen Landbesitz in Devon hatte, daher verbrachte ich von meinem siebten Lebensjahr an viele Ferien bei ihnen, und es waren idyllische Zeiten. Mir wurde erlaubt, mich frei zu bewegen, ich genoss den Umgang mit den einheimischen Jungen – meine Tante und mein Onkel hatten keine Kinder, doch mein Onkel hatte einen erwachsenen Sohn aus erster Ehe, dessen Mutter im Kindbett gestorben war – und die Gesellschaft der Pächter, der Dorfbewohner, der Pflüger und Schmiede, Pferdeknechte und Heckenschneider und Grabenbauer. Ich wuchs gesund und robust auf, weil ich so viel Zeit im Freien verbrachte. Doch wenn ich nicht im Freien war, wurde mir im Haus eine ganz andere Erziehung zuteil. Meine Tante und mein Onkel waren kultivierte Menschen, erstaunlich belesen, und besaßen eine hervorragende Bibliothek. Mir wurde erlaubt, diese Bibliothek genauso zu durchforschen, wie ich den Landsitz durchforschte, und ich folgte ihrem Beispiel und wurde ein unersättlicher Leser. Meine Tante war jedoch auch eine große Kunstkennerin. Sie liebte englische Aquarelle, fand aber auch einen breit gefächerten, wenngleich traditionellen Geschmack an alten Meistern, und obwohl sie es sich nicht leisten konnte, Bilder berühmter Künstler zu kaufen, hatte sie eine gute Sammlung unbedeutenderer Maler erworben. Ihr Mann zeigte wenig Interesse an diesem Gebiet, war aber durchaus bereit, ihre Leidenschaft zu finanzieren, und als Tante Mary bemerkte, dass ich schon früh Gefallen an gewissen Bildern im Haus fand, ergriff sie die Gelegenheit, mit jemand anderem ihren Enthusiasmus zu teilen. Sie begann, mit mir über die Bilder zu reden und mich zu ermutigen, über die Künstler zu lesen, und ich begriff sehr schnell, welche Freude sie an ihnen hatte, und entdeckte meine eigenen Favoriten unter ihnen. Besonders gefielen mir einige der großen Seestücke und auch die Aquarelle der East-Anglia-Schule, die wunderbaren Himmel und flachen Moore – ich glaube, mein Kunstgeschmack hatte eine Menge mit meinem Vergnügen an der freien Natur zu tun. Für Porträts oder Stillleben konnte ich mich nicht erwärmen – Tante Mary allerdings auch nicht, und sie besaß auch nur wenige davon. Interieurs oder Bilder von Kirchen ließen mich kalt, und ein junger Knabe versteht noch nichts von dem Reiz der menschlichen Figur. Doch sie ermutigte mich, für alles offen zu sein, nicht ihren Geschmack nachzuahmen, sondern meinen eigenen zu entwickeln und immer darauf zu warten, von dem, was ich sah, überrascht und herausgefordert wie auch entzückt zu werden.

Meine nachfolgende Liebe zur Malerei verdanke ich ausschließlich Tante Mary und diesen glücklichen, prägenden Jahren. Als sie starb, gerade als ich nach Cambridge kam, hinterließ sie mir viele der Bilder, die du jetzt hier hängen siehst, und auch andere, von denen ich einige verkauft habe, um neue zu erwerben – wie sie es sich sicherlich von mir gewünscht hätte. Sie war eine unsentimentale Frau, und sie hätte gewollt, dass ich meine Sammlung lebendig halte, um den Erwerb neuer Gemälde zu genießen, wenn ich der alten überdrüssig geworden war.

Kurz gesagt, an die zwanzig Jahre oder länger wurde ich zu einem recht erfolgreichen Kunsthändler, ging regelmäßig zu Auktionen, und während ich meinen Spaß dabei hatte, häufte ich im Laufe der Zeit mehr Vermögen an, als es mir mit meinem akademischen Gehalt je möglich gewesen wäre. Zwischen meinen Ausflügen in die Welt der Kunst stieg ich natürlich langsam auf der akademischen Leiter nach oben, etablierte mich hier im College und veröffentlichte die Bücher, die du kennst. Mir fehlten die regelmäßigen Besuche in Devon, nachdem meine Tante und mein Onkel gestorben waren, und ich konnte meine Verbindung zu einem ländlichen Leben nur durch regelmäßige Wanderferien aufrechterhalten.

Ich habe dir in groben Zügen meine Vorgeschichte skizziert, und du weißt jetzt ein bisschen mehr von meiner Liebe zu Bildern. Aber was dann eines Tages geschah, würdest du nie erraten, und vielleicht wirst du die Geschichte nicht glauben. Ich kann nur wiederholen, was ich dir am Anfang versichert habe. Sie ist wahr.

2

Es war ein herrlicher Tag zu Beginn der Osterferien, und ich war für zwei Wochen nach London gefahren, um im Leseraum des Britischen Museums zu arbeiten und ein wenig Kunsthandel zu betreiben. An diesem gewissen Tag gab es eine Auktion mit einer Besichtigung am Morgen. Aus dem Katalog hatte ich mir zwei Zeichnungen alter Meister und ein Gemälde ausgesucht, an denen ich besonders interessiert war. Ich nahm an, dass das Gemälde für einen höheren Preis weggehen würde, als ich ihn mir leisten konnte, aber ich machte mir Hoffnungen auf die Zeichnungen, und ich fühlte mich beschwingt, als ich im Frühlingssonnenschein von Bloomsbury hinunter nach St. James ging. Die Magnolien blühten, genau wie die Kirschen, und vor dem weißen Stuck der Reihenhäuser aus dem achtzehnten Jahrhundert wirkten sie so fröhlich, dass einem das Herz aufging. Nicht dass mein Herz je traurig gewesen wäre. Ich war fröhlich und optimistisch, als ich jünger war – in der Tat war ich mit einer sonnigen und ausgeglichenen Natur gesegnet –, und ich genoss meinen Spaziergang und freute mich auf die Besichtigung und die nachfolgende Auktion. Keine Wolke war am Himmel, weder real noch metaphorisch.

Das Gemälde erwies sich dann als nicht so gut, wie es beschrieben worden war, und ich wollte nicht darauf bieten, war jedoch erpicht darauf, wenigstens eine der Zeichnungen zu kaufen; außerdem sah ich zwei Aquarelle, die sich gut für den Weiterverkauf eigneten, und ich hielt es für unwahrscheinlich, dass sie einen hohen Preis erzielen würden, da sie nicht zu der Art von Bildern gehörten, für die viele Händler zu dieser speziellen Auktion kommen würden. Ich vermerkte sie im Katalog und sah mich weiter um.

Dann fiel mir, etwas versteckt neben zwei recht überwältigenden religiösen Tafelbildern, das venezianische Ölgemälde der Karnevalsszene ins Auge. Es war in schlechtem Zustand, musste dringend gereinigt werden, und der Rahmen war an mehreren Stellen abgestoßen. Es war auch nicht die Art von Bild, die mir im Allgemeinen gefiel. Doch es hatte eine seltsame, fast halluzinatorische Ausstrahlung, und ich merkte, dass ich lange davor stehen blieb und mehrfach zurückkam. Das Bild schien mich in sich hineinzuziehen, sodass ich mir wie ein Teil der nächtlichen Szene vorkam, erleuchtet von Fackeln und Laternen, einer aus der Menge der maskierten Nachtschwärmer oder der Gruppe, die eine Gondel bestieg und über den mondbeschienenen Kanal unter eine der uralten Brücken glitt. Ich stand lange davor, spähte in alle Ecken und Winkel der Palazzi mit den hier und da geöffneten Fensterläden vor dunklen Räumen, gelegentlich von einem Kerzenleuchter oder einer Lampe erhellt, in deren Widerschein sich da und dort eine schattenhafte Figur erkennen ließ. Unter den Gesichtern der Nachtschwärmer ließen sich viele klassische Venezianer ausmachen, mit vorspringender Nase, dieselben Gesichter, die als Magier und Engel, Heilige und Päpste auf den großartigen Gemälden venezianischer Kirchen zu sehen sind. Andere gehörten jedoch erkennbar anderen Nationalitäten an, und dazwischen gab es den einen oder anderen Äthiopier und Araber. Ich verinnerlichte das Gemälde auf eine Weise, wie ich es seit langer Zeit nicht getan hatte.

Die Versteigerung sollte um zwei beginnen, und ich trat hinaus in die Frühlingssonne, um noch etwas zu mir zu nehmen, bevor ich in den

Auktionsraum zurückkehrte, doch als ich an dem schummrigen Tresen in einem ruhigen Pub saß, durch dessen Fenster gelegentlich die Sonne hereinschien, war ich immer noch von der venezianischen Szenerie erfüllt. Ich wusste natürlich, dass ich das Gemälde kaufen musste. Ich konnte meinen Lunch kaum genießen und wurde ganz aufgeregt bei dem Gedanken, dass mich etwas daran hindern könnte, rechtzeitig zum Bieten in den Raum zurückzukehren, daher war ich als Erster dort. Doch aus irgendeinem Grund wollte ich hinten stehen bleiben, entfernt vom Podium, und ich hielt mich nahe bei der Tür auf, als sich der Raum zu füllen begann. Es gab einige wichtige Bilder im Angebot, und ich erblickte mehrere bekannte Kunsthändler, die im Auftrag wohlhabender Kunden dort sein würden. Keiner kannte mich.

Das Gemälde, dessentwegen ich zunächst hergekommen war, wurde für mehr verkauft, als ich erwartet hatte, und die Zeichnungen überstiegen rasch meine Mittel, aber es gelang mir fast, ein hochwertiges Cotman-Aquarell zu erwerben, das gleich nach diesen versteigert wurde, als einige der Käufer für die Lose der ersten Hälfte bereits gegangen waren. Ich sicherte mir eine kleine Gruppe guter Seestücke und musste dann ein langweiliges

Jagdgemälde nach dem anderen über mich ergehen lassen – dicke Männer auf Pferden, Jäger, Pferde mit gestutztem Schweif, was ihnen eine seltsame, unausgeglichene Haltung verlieh, Pferde, die sich aufbäumten, Pferde mit gelangweilt blickenden Pferdeknechten, eines nach dem anderen, und die Hände schossen nur so in die Luft. Beinahe nickte ich ein. Doch dann, als die Auktion allmählich zu Ende ging, kam die venezianische Karnevalsszene, die hier im Raum noch dunkler und unattraktiver wirkte. Zwei halbherzige Gebote wurden abgegeben, dann trat eine Pause ein. Ich hob die Hand. Niemand machte ein Gegengebot. Der Hammer fiel gerade herunter, als hinter mir Unruhe entstand und eine Stimme ertönte. Ich blickte mich um, überrascht und bestürzt, dass ich in letzter Minute noch einen Mitbieter um das venezianische Bild haben sollte, doch der Auktionator war der Ansicht, der Hammer sei nach meinem Gebot tatsächlich gefallen und das Bieten sei beendet. Das Bild wurde mir für eine sehr bescheidene Summe zugeschlagen.

Meine Handflächen waren feucht, und mein Herz hämmerte. Nie hatte ich eine solche Beklemmung empfunden – ja, es ähnelte fast dem verzweifelten Wunsch, etwas unbedingt erringen zu wollen, und ich fühlte mich seltsam erschüttert, vor Erleichterung und auch von einem anderen Gefühl erfüllt, das ich nicht benennen konnte. Warum war ich so versessen auf dieses Bild? Welche Macht besaß es über mich?

Als ich den Verkaufsraum in Richtung Kasse verließ, um meine Erwerbung zu bezahlen, tippte mir jemand auf die Schulter. Ich drehte mich um und sah einen untersetzten, schwitzenden Mann mit einer großen ledernen Künstlermappe.

»Mr …?«, fragte er.

Ich zögerte.

»Ich muss dringend mit Ihnen sprechen.«

»Wenn Sie mir verzeihen, ich möchte noch vor der üblichen Schlange zur Kasse …«

»Nein. Bitte tun Sie es nicht.«

»Wie bitte?«

»Erst müssen Sie hören, was ich zu sagen habe. Können wir irgendwo hingehen, wo uns niemand belauschen kann?« Er blickte sich um, als erwartete er, dass sich ein halbes Dutzend Lauscher auf uns stürzen würde, und ich war verärgert. Ich kannte den Mann nicht und hatte nicht den Wunsch, mich mit ihm in irgendeine Ecke zu verkriechen.

»Alles, was Sie mir zu sagen haben, kann sicherlich hier ausgesprochen werden. Alle sind mit ihren eigenen Angelegenheiten beschäftigt. Warum sollten sie an uns interessiert sein?« Ich wollte mir meine Erwerbungen sichern, die Anlieferung in Auftrag geben und gehen.

»Mr …?« Wieder hielt er inne.

»Parmitter«, erwiderte ich kurz angebunden.

»Vielen Dank. Mein Name tut nichts zur Sache – ich handle im Auftrag eines Klienten. Ich hätte viel früher hier sein sollen, aber ich wurde in einen Autounfall verwickelt. Ein Unglücklicher, der von einem zu schnell fahrenden Auto gestreift und schwer verletzt wurde, und ich musste dort bleiben und mit der Polizei sprechen, daher meine Verspätung, ich …« Er zog ein sehr großes Taschentuch heraus und wischte sich über Stirn und Oberlippe, doch die Schweißtropfen traten sofort wieder hervor. »Ich habe einen Auftrag. Es gibt ein Bild … ich soll es kaufen. Es ist absolut lebenswichtig, dass ich es mit zurückbringe.«

»Aber Sie sind zu spät gekommen. Ihr Pech. Was jedoch kaum Ihr Fehler war – Ihr Klient kann Ihnen keinen Vorwurf machen, dass Sie Zeuge eines Autounfalls wurden.«

Er wirkte zunehmend unbehaglich und

schwitzte sogar noch mehr. Ich wandte mich ab, doch er packte mich und hielt meinen Arm so fest, dass es schmerzte.

»Das letzte Bild«, sagte er, sein Atem übel riechend in meinem Gesicht, »die venezianische Szenerie. Sie haben sie erworben, und ich muss sie haben. Ich zahle Ihnen, was Sie dafür verlangen, mit einem guten Gewinn, damit Sie keinen Verlust haben. Das ist schließlich in Ihrem Interesse, da Sie es sowieso später weiterverkaufen würden. Wie ist Ihr Preis?«

Ich riss mich aus seinem Griff los. »Es gibt keinen. Das Bild ist nicht zu verkaufen.«

»Seien Sie nicht albern, Mann, mein Klient ist wohlhabend, Sie können Ihren Preis nennen. Verstehen Sie denn nicht – ich *muss* das Bild haben.«

Mir reichte es. Ohne mich um gute Manieren zu kümmern, machte ich auf dem Absatz kehrt und ging weg.

Aber da war er schon wieder, tatschte mich an, blieb eng an meiner Seite. »Sie müssen mir das Bild verkaufen.«

»Wenn Sie Ihre Hände nicht von mir nehmen, bleibt mir nichts anderes übrig, als die Träger zu rufen.«

»Mein Klient hat mir Anweisungen gegeben …

Ich kann auf keinen Fall ohne das Bild zurückkommen. Es hat Jahre gedauert, es aufzuspüren. Ich muss es haben.«

Wir hatten die Kasse erreicht, wo sich jetzt natürlich eine beträchtliche Käuferschlange gebildet hatte, die bezahlen wollte. »Zum letzten Mal«, zischte ich ihn an, »lassen Sie mich in Ruhe. Ich habe es Ihnen gesagt. Ich will das Bild. Ich habe es gekauft und gedenke, es zu behalten.«

Er trat einen Schritt zurück, und einen Moment lang dachte ich, damit wäre die Sache erledigt, doch dann beugte er sich dicht zu mir und sagte: »Sie werden es bereuen. Ich muss Sie warnen. Sie werden das Bild nicht behalten wollen.«

Seine Augen traten hervor, und der Schweiß lief ihm jetzt über das Gesicht. »Verstehen Sie? Verkaufen Sie mir das Bild. Es ist zu Ihrem eigenen Besten.«

Ich hätte ihm fast ins Gesicht gelacht, doch stattdessen schüttelte ich nur den Kopf und wandte mich von ihm ab, starrte auf den grauen Jackettstoff des Mannes vor mir, als sei es das Faszinierendste auf der Welt.

Ich wagte nicht, mich noch einmal umzuschauen, doch als ich die Kasse endlich verließ, nachdem ich meine Erwerbungen bezahlt hatte, einschließlich des venezianischen Bildes, war der Mann nirgends mehr zu sehen.

Ich war erleichtert, schlug mir den Vorfall aus dem Kopf und trat hinaus in den Sonnenschein von St. James.

Erst später am Abend, als ich mich zum Arbeiten an meinen Schreibtisch setzte, spürte ich einen plötzlichen Schauer, ein Frösteln entlang der Wirbelsäule. Der Mann hatte mich nicht im Geringsten beunruhigt – er hatte offensichtlich versucht, mich mit einer erfundenen Geschichte zu überreden, ihm das Bild zu überlassen. Trotzdem fühlte ich mich unwohl.

Alles, was ich bei der Auktion gekauft hatte, wurde am nächsten Tag geliefert, und als Erstes brachte ich das venezianische Gemälde zu einem Londoner Restaurator. Er würde es fachmännisch reinigen und den alten Rahmen entweder reparieren oder einen anderen finden. Ich nahm auch eines der anderen mit, um einen kleinen Kratzer ausbessern zu lassen, und da Restauratoren langsam arbeiten, wie sie es tun sollten, sah ich die Bilder erst nach mehreren Wochen wieder. Mittlerweile war ich nach Cambridge zurückgekehrt, und das Sommertrimester war in vollem Gange.

Ich nahm alle neuen Bilder mit hierher. In meinen Londoner Räumen war ich zu selten, um dort etwas von Wert oder Interesse zurückzulassen. Für alle anderen fand ich mit Leichtigkeit einen Platz, aber wo auch immer ich das venezianische Bild aufhängte, sah es falsch aus. Nie hatte ich solche Schwierigkeiten gehabt, ein Bild zu hängen. Und in einem blieb ich eisern. Ich wollte es nicht in dem Zimmer haben, in dem ich schlief. Ich nahm es noch nicht mal ins Schlafzimmer mit. Ich bin jedoch kein abergläubischer Mensch und hatte bis dahin nur Albträume gehabt, wenn ich krank und fiebrig war. Da es mir so schwerfiel, den richtigen Platz zu finden, ließ ich das Bild schließlich hier stehen, angelehnt an das Bücherregal. Und ich konnte nicht aufhören, es zu betrachten. Jedes Mal, wenn ich in diese Räume zurückkam, zog es mich an. Ich verbrachte mehr Zeit damit, es anzuschauen – nein, in es hineinzuschauen –, als mit Bildern von viel größerer Schönheit und Vorzüglichkeit. Ich schien es zu brauchen, viel zu viel Zeit damit zu verbringen, in jede Ecke, jedes einzelne Gesicht zu blicken.

Von dem ermüdenden Quälgeist aus den Auktionsräumen hörte ich nichts mehr und hatte ihn bald vollkommen vergessen.

Nur eine befremdliche Sache geschah um diese Zeit. Es war im Herbst desselben Jahres, kurz nach dem Michaelitag und an einem Abend, an dem die erste Kühle des Herbstes mich veranlasste, nach einem Feuer im Kamin zu klingeln. Das Feuer prasselte gemütlich, und ich arbeitete an meinem Schreibtisch im Schein der Lampe, als ich zufällig kurz aufschaute. Das venezianische Bild stand direkt in meinem Blickfeld, und irgendetwas daran ließ mich genauer hinschauen. Das Säubern hatte dem Bild größere Tiefe verliehen, wodurch die Einzelheiten jetzt viel genauer zu erkennen waren. Auf dem Weg neben dem Wasser drängten sich mehr Leute als zuvor, stellenweise in mehreren Reihen hintereinander, und auch Gondeln und andere Boote voller Nachtschwärmer, manche maskiert, andere nicht, schwammen in größerer Zahl auf dem Kanal. Ich hatte die Gesichter immer wieder betrachtet und jedes Mal mehr gefunden. Menschen lehnten aus den Fenstern und über Balkonbrüstungen, andere befanden sich in den schwach erleuchteten Innenräumen der Palazzi. Doch dieses Mal war es nur eine Person, eine Gestalt, die mir ins Auge fiel und sich von dem Rest abhob, und obwohl der Mann vorne im Bild war, glaubte ich nicht, ihn schon einmal bemerkt zu haben. Er schaute nicht auf die Lagune oder die Boote, sondern eher von ihnen weg und aus dem Bild hinaus – ja, er schien mich anzusehen und in dieses Zimmer zu blicken. Er trug zeitgemäße, jedoch schlichte Kleidung, nicht die extravaganten Kostüme vieler Karnevalsbesucher, und er war nicht maskiert. Doch zwei der Nachtschwärmer neben ihm trugen Masken und schienen ihn festzuhalten, der eine an der Schulter, der andere am linken Handgelenk, als wollten sie ihn zurückhalten oder sogar wegziehen. Sein Gesicht hatte einen merkwürdigen Ausdruck, als sei er gleichzeitig erstaunt und verängstigt. Er schaute von der Szene weg, weil er nicht daran teilhaben wollte, und in mein Zimmer, auf mich – auf jeden vor dem Bild – mit etwas, das ich nur als Flehen beschreiben kann. Aber um was? Was verlangte er? Der Schock bestand darin, dort eine männliche Gestalt zu sehen, die ich vorher nie bemerkt hatte. Ich nahm an, dass das Licht der Lampe, welches in einem bestimmten Winkel auf das Bild fiel, die Gestalt zum ersten Mal deutlich hervortreten ließ. Wie auch immer, sein Ausdruck beunruhigte mich, und ich konnte nicht mit meiner bisherigen tiefen Konzentration weiterarbeiten. In der Nacht wachte ich mehrmals auf, einmal aus einem merkwürdigen Traum, in dem der Mann aus dem Bild im Kanal ertrank und seine Arme Hilfe suchend nach mir ausstreckte. Der Traum war so lebhaft, dass ich aufstand und hierherkam, das Licht anschaltete und das Bild betrachtete. Natürlich hatte sich nichts geändert. Der Mann ertrank nicht, wenngleich er mich nach wie vor anschaute, immer noch flehend, und ich hatte das Gefühl, er sei dargestellt worden, während er den beiden Männern, die ihn festhielten, zu entkommen versuchte.

Ich ging wieder zu Bett.

Und das war es dann, für lange Zeit. Mehr geschah nicht. Das Bild stand monatelang an das Bücherregal gelehnt, bis ich den Platz dafür fand, wo du es jetzt hängen siehst.

Ich träumte nicht wieder davon. Aber es ließ mich niemals los, seine eindringliche Präsenz verminderte sich nie, als wären die Geister all dieser Menschen in dieser unheimlich beleuchteten, gekünstelten Szenerie zugegen, hier bei mir in diesem Zimmer.

Einige Jahre vergingen. Das Bild verlor nichts von seiner seltsamen Kraft, aber das Alltagsleben geht natürlich weiter, und ich gewöhnte mich daran.

Ich betrachtete es jedoch oft, erforschte die Gesichter, die Schatten, die Gebäude, das dunkle, gekräuselte Wasser des Canal Grande, und ich schwor mir ebenfalls, eines Tages nach Venedig zu reisen. Ich war nie ein begeisterter Reisender, wie du weißt; ich liebe die englische Landschaft zu sehr und hatte nie das Bedürfnis, mich während der Ferien weit darüber hinauszuwagen. Außerdem war ich in jener Zeit stark mit dem Unterrichten beschäftigt, übernahm mehr und mehr Pflichten innerhalb des College, verfasste und veröffentlichte eine Reihe von Büchern und fuhr damit fort, Bilder zu kaufen und zu verkaufen, obgleich meine Zeit dafür beschränkt war.

Während dieser Zeit geschah bezüglich des Bildes nur eine merkwürdige Sache. Brammer, ein alter Freund, kam zu Besuch. Ich hatte ihn seit einigen Jahren nicht mehr gesehen, und wir hatten vieles zu bereden, aber irgendwann, kurz nach seiner Ankunft, während ich nicht im Zimmer war, schaute er sich die Bilder an. Als ich zurückkehrte, stand er vor dem venezianischen Gemälde und beäugte es genauer.

»Wie bist du zu dem hier gekommen, Theo?«

»Oh, bei einer Auktion vor einigen Jahren. Warum?«

»Es ist ziemlich außergewöhnlich. Wenn ich nicht …«

Er schüttelte den Kopf. »Nein.«

Ich stellte mich neben ihn. »Was ist?«

»Du kennst dich doch mit diesen Dingen aus. Wann wurde es deiner Meinung nach gemalt?«

»Es stammt aus dem späten achtzehnten Jahrhundert.«

Wieder schüttelte er den Kopf. »Dann verstehe ich es nicht. Siehst du, dieser Mann hier …« Er deutete auf eine Gestalt in der ersten Gondel. »Ich … ich kenne – kannte ihn. Das heißt, er sieht jemandem, den ich gut kannte, zum Verwechseln ähnlich. Wir waren als junge Männer befreundet. Natürlich kann er das nicht sein … aber alles – wie er den Kopf hält, sein Ausdruck … das ist ziemlich gespenstisch.«

»Bei den Milliarden von Menschen auf dieser Welt, die alle nur zwei Augen, eine Nase und einen Mund haben, finde ich es noch bemerkenswerter, dass es nicht mehr identische gibt.«

Aber Brammer hörte mir gar nicht zu. Er war zu sehr damit beschäftigt, das Bild zu betrachten und dieses eine Gesicht zu studieren. Ich brauchte eine Weile, ihn davon fortzuziehen und auf die Themen unserer vorherigen Unterhaltung zu lenken, und während der nächsten vierundzwanzig Stunden kehrte er mehrfach zu dem Bild zurück und stand dort, mit einem Ausdruck von Besorgnis und Unglauben im Gesicht, und schüttelte von Zeit zu Zeit den Kopf.

Weitere Vorkommnisse gab es nicht, und nach einer Weile vergaß ich Brammers seltsame Entdeckung zwar nicht ganz, dachte aber nur noch selten daran.

Wäre ich nicht einige Jahre später zum Thema eines Artikels in einer eher allgemeinen als akademischen Zeitschrift geworden, es hätte sich vielleicht nichts mehr getan, und die Geschichte, wie sie sich bis dahin zugetragen hatte, wäre versandet.

Ich hatte eine lange Arbeit über Chaucer abgeschlossen, und es stand ein bedeutender Jahrestag an, zu dem auch eine Ausstellung im Britischen Museum gehörte. Auch war ein wichtiges Manuskript entdeckt worden, das sich auf Chaucers Leben bezog, von dem wir bisher nur wenig gewusst hatten. Die allgemeine Presse zeigte Interesse daran, und meinem geliebten Dichter wurde eine erfreuliche Aufmerksamkeit zuteil. Ich war natürlich entzückt. Ich hatte mir schon lange gewünscht, das Vergnügen, das sein Werk bietet, mit einer breiteren Öffentlichkeit zu teilen, und mein

Verleger war begeistert, dass ich mich bereit erklärte, hier und da Interviews zu geben.

Einer der Interviewer brachte einen Fotografen mit, der mehrere Aufnahmen in meinen Räumen machte. Wenn es dir nichts ausmacht, an die Kommode zu gehen und die zweite Schublade zu öffnen, könntest du da den abgehefteten Zeitschriftenartikel finden.

3

Theo war ein akribischer Mensch – alles war abgeheftet und geordnet. Wenn ich zu Tutorien herkam, war ich immer beeindruckt gewesen von der vorbildlichen Ordnung auf seinem Schreibtisch im Vergleich zu dem der meisten anderen Fellows – ganz zu schweigen von meinem. Es war der Schlüssel zu diesem Mann. Er besaß einen geordneten Verstand. In einem anderen Leben hätte er Anwalt werden können.

Der Ausschnitt lag genau am angegebenen Platz. Es war ein langer Artikel über Theo, Chaucer, die Ausstellung und die neue Entdeckung, sehr fundiert und informativ, und das Foto von Theo, das eine ganze Seite einnahm, war nicht nur ein ausgezeichnetes Porträt von ihm, wie er vor dreißig Jahren ausgesehen hatte, sondern ein eigenständiges künstlerisches Werk. Theo saß auf einem Lehnstuhl, einen Bücherstapel auf einem kleinen Tisch neben sich, die Brille obendrauf. Die Sonne fiel schräg durch das hohe Fenster auf ihn und beleuchtete die ganze Szene recht dramatisch.

»Das ist ein gutes Foto, Theo.«

»Schau genau hin – schau, wohin die Sonne fällt.«

Sie fiel auf das venezianische Bild, beleuchtete es intensiv und in einer seltsamen Harmonie aus hell und dunkel. Es schien viel mehr zu sein als nur ein Hintergrund.

»Außergewöhnlich.«

»Ja. Ich gestehe, dass ich ziemlich verblüfft war, als ich die Aufnahme sah. Vermutlich hatte ich mich mittlerweile an das Bild gewöhnt und hatte keine Ahnung, dass es eine solche Präsenz im Raum hatte.«

Ich schaute mich um. Jetzt war das Bild halb verborgen, halb im Schatten, und wirkte unbedeutend, zog keinerlei Aufmerksamkeit auf sich. Die Gestalten waren ein wenig steif und distanziert, das Licht auf dem gekräuselten Wasser stumpf. Wie jemand aus einer Gruppe, der so zurückhaltend und reizlos ist, dass er oder sie unbemerkt mit dem Hintergrund verschmilzt. Was ich da in der Zeitschrift sah, war fast ein anderes Gemälde, nicht vom Inhalt, der natürlich derselbe war, aber von – ich würde beinahe sagen – der Einstellung.

»Merkwürdig, nicht wahr?« Theo betrachtete mich eindringlich.

»Hat der Fotograf eine Bemerkung zu dem Gemälde gemacht? Hat er es absichtlich hinter dir aufgehängt und es auf besondere Weise ausgeleuchtet?«

»Nein. Es wurde nie erwähnt. Er fuhrwerkte ein wenig mit dem Büchertisch herum, erinnere ich mich ... stapelte die Bücher erst gleichmäßig, dann ungleichmäßig auf ... und er bat mich, eine andere Haltung einzunehmen. Das war alles. Ich kann mich erinnern, dass ich, als ich die Ergebnisse sah – und es waren natürlich eine Menge Aufnahmen –, sehr überrascht war. Ich hatte nicht mal bemerkt, dass das Gemälde da war. In der Tat ...« Er hielt inne.

»Ja?«

Er schüttelte den Kopf. »Es ist etwas, das mir ehrlich gesagt seitdem im Kopf herumgeht, vor allem angesichts ... nachfolgender Ereignisse.«

»Was denn?«

Aber er antwortete nicht. Ich wartete. Seine Augen waren geschlossen, und er saß reglos da. Ich erkannte, dass der Abend ihn erschöpft hatte, und nachdem ich noch ein bisschen länger in der Stille dieser Räume gewartet hatte, stand ich auf und

38

ging, achtete darauf, beim Verlassen der Wohnung kein Geräusch zu machen, stieg die dunkle Treppe hinunter und trat hinaus auf den Hof.

4

Es war eine stille, klare, bitterkalte Nacht mit Frost und einem Himmel voll leuchtender Sterne, und ich ging rasch hinüber zu meinem eigenen Treppenhaus, um meinen Mantel zu holen. Zwar war es schon spät, aber mir war nach frischer Luft und einem flotten Spaziergang zumute. Der Hof lag verlassen da, und aus den Räumen drang nur hier und dort ein Lichtschein.

Der Nachtpförtner saß schon in seiner Pförtnerloge mit einer großen braunen Kanne Tee beim Feuer.

»Achten Sie auf Ihre Schritte, Sir, es liegt bereits Raureif auf dem Pflaster.«

Ich dankte ihm und trat durch das große Tor hinaus. Die King's Parade war verlassen, die Geschäfte geschlossen. Ein einsamer Polizist auf Streife nickte mir zu, als ich an ihm vorüberkam. Ich achtete darauf, mich warm zu halten und nicht auszugleiten, da der Pförtner mit seiner Warnung vor dem rutschigen Pflaster recht gehabt hatte.

Aber fast ohne Vorwarnung blieb ich stehen, weil mich ein Gefühl von Furcht und Beklemmung überkam wie eine Fieberwelle und mir ein Schauder durch den Körper rann. Ich blickte mich um, doch die Straße war still und leer. Die Furcht, die ich empfand, ging von niemandem und nichts aus, es war nur eine an nichts festzumachende Furcht unbekannten Ursprungs, und sie hatte mich in ihren Krallen. Sie war mit einem Gefühl unmittelbaren Verhängnisses verbunden, einem Grauen, und auch mit einer schrecklichen Traurigkeit, als ob ein mir Nahestehender litt und ich das Leiden mit ihm empfand.

Ich neige nicht zu Vorahnungen, und soviel ich wusste, war auch kein mir Nahestehender, kein Freund oder Familienmitglied, in Schwierigkeiten. Gesundheitlich ging es mir gut. Das Einzige, was mich beschäftigte, war Theo Parmitters seltsame Geschichte, aber warum sollte mich, der ich nur am Feuer gesessen und zugehört hatte, diese Geschichte so mit Furcht erfüllen? Ich fühlte mich schwach und so mitgenommen, dass ich nicht mehr allein durch die Straßen stapfen wollte und auf dem Absatz kehrtmachte. Anscheinend war das Pflaster genau an dieser Stelle vereist, denn ich spürte, wie meine Füße unter mir wegglitten,

41

und ich fiel schwer zu Boden. Atemlos und erschrocken lag ich da, spürte aber keinen Schmerz, und in diesem Moment hörte ich, ein wenig entfernt zu meiner Linken, einen Schrei und zwei leise Stimmen. Danach ertönte das Geräusch von Handgreiflichkeiten und ein weiterer verzweifelter Schrei. Es schien aus der Richtung der Backs zu kommen und doch, auf eine seltsame Weise, die schwer zu erklären ist, nicht von mir entfernt, sondern hier, bei meiner Hand, direkt neben mir. Einen deutlichen Eindruck zu vermitteln ist sehr schwer, da nichts deutlich war und ich außerdem auf dem vereisten Pflaster lag und befürchtete, mich verletzt zu haben.

Wenn das, was ich gehört hatte, von jemandem kam, der im Dunkeln überfallen worden war – und anders konnte ich das Gehörte nicht beschreiben –, dann sollte ich aufstehen und entweder das Opfer finden und ihm zu Hilfe eilen oder den Polizisten warnen, dem ich vor ein paar Minuten begegnet war. Doch hier war niemand. Es war kurz nach Mitternacht, kein Abend für Spaziergänger, bis auf einen Dummkopf wie mich. Dann ging mir auf, dass ich in Gefahr war, selbst überfallen zu werden. Ich trug meine Geldbörse in der Innentasche und eine goldene Uhr an einer

Kette. Ich war einen Überfall wert. Hastig rappelte ich mich auf. Bis auf einen Bluterguss am Knie war ich unverletzt – ich würde am nächsten Tag steif sein –, und ich blickte mich rasch um, aber niemand war zu sehen, und es waren keine Schritte zu hören. Hatte ich mir die Geräusche nur eingebildet? Nein, das hatte ich nicht. Auf einer ruhigen Straße in einer stillen und frostigen Nacht, wo jedes Geräusch trägt, konnte ich das Gehörte nicht mit Wind in den Bäumen oder in meinen Ohren verwechselt haben. Ich hatte einen Schrei gehört und Stimmen, und sogar das Platschen von Wasser, doch wenngleich die Geräusche vom Flussufer gekommen waren, lag dieses ein ganzes Stück entfernt und versteckt hinter den Mauern und Gärten der Colleges.

Ich ging zur Hauptstraße zurück und sah den Polizisten erneut, der an den Türklinken der Geschäfte rüttelte, um zu überprüfen, ob sie fest verschlossen waren. Sollte ich mich an ihn wenden und ihn darauf aufmerksam machen, dass ich höchstwahrscheinlich einen Straßenraub gehört hatte? Aber wenn ich die Räuber gehört hatte, dann musste er, nur ein paar Meter entfernt in der nächsten Straße, sie sicherlich auch gehört haben, doch er eilte nicht von dannen, sondern setzte seinen Gang die King's Parade hinunter mit stetigem, gemessenem Schritt fort.

Ein Auto bog aus Richtung der Trinity Street ein und glitt vorbei. Eine Katze schlüpfte durch eine dunkle Lücke zwischen zwei Häusern. Mein Atem bildete Wölkchen in der frostigen Luft. Nichts Widriges war zu entdecken, und die Stadt hatte sich zur Ruhe begeben.

Die Bedrückung und Beklemmung, die mich vor ein paar Minuten umhüllt hatte, war verschwunden, beinahe wie als Folge dessen, was ich gehört hatte, und meines Sturzes, aber ich war verwirrt und fühlte mich unwohl in meiner Haut, und inzwischen war ich auch vollkommen durchgefroren, daher ging ich so rasch wie möglich zum College-Tor zurück, den Kragen gegen die eisige Nachtluft hochgeschlagen.

Der Pförtner, immer noch vor seinem glühenden Feuer, wünschte mir eine gute Nacht. Ich wünschte ihm dasselbe und betrat den Innenhof.

Alles war dunkel und ruhig, Licht schien nur aus denselben beiden Fenstern, die ich beim Hinausgehen bemerkt hatte, und jetzt auch aus einem anderen in einer der weiter links liegenden Reihen. Jemand musste zurückgekehrt sein. In zwei Wochen würde das Trimester beginnen, dann würde überall Licht brennen – Studenten gehen nicht früh zu Bett. Ich blieb einen Augenblick stehen und schaute mich um, dachte an die guten Jahre, die ich in diesen Mauern verbracht hatte, die Gespräche bis tief in die Nacht, die Scherze, die schwitzend über einer Abhandlung verbrachten Stunden und die Paukerei für die Klausuren. Ich würde nie wie Theo sein, all meine Jahre hier verbringen wollen, wie angenehm das College-Leben auch sein mochte, aber ich verspürte eine Sehnsucht nach der studentischen Freiheit und den Freundschaften. In dem Moment fiel mein Blick auf das Licht, welches ich zuerst gesehen hatte und das gerade ausging, sodass jetzt nur noch in einem Zimmer Licht brannte, weiter hinten, und automatisch wanderte mein Blick dorthin.

Was ich sah, ließ mir das Blut gefrieren. Wo vorher nur die leere Scheibe gewesen war, stand jetzt eine männliche Gestalt nahe am Fenster. Die Lampe befand sich seitlich von ihm, der Strahl fiel auf sein Gesicht, und die Wirkung ähnelte verblüffend der des venezianischen Bildes. Nun ja, daran war nichts Seltsames – Lampenlicht und Fackellicht heben immer hervor und sorgen auf diese Weise für scharfe und kontrastierende Schatten. Nein, es war das Gesicht am Fenster, das mich erstarren ließ. Der Mann schaute mich direkt an, und ich hätte schwören können, dass ich ihn erkannte, nicht aus dem Leben, sondern von dem Bild, denn er hatte eine so unheimliche Ähnlichkeit mit einem der Gesichter, dass ich vor jedem Gericht geschworen hätte, sie wären ein und derselbe. Aber wie konnte das möglich sein? Es war unmöglich, und außerdem hatte ich den einen nur flüchtig gesehen, an einem Fenster in einiger Entfernung, wohingegen sich der andere auf einem Bild befand, das ich längere Zeit genau betrachtet hatte. Es gibt nur beschränkte Kombinationen von Gesichtszügen, wie Theo selbst gesagt hatte.

Doch nicht die bloße Ähnlichkeit war so verblüffend, sondern der Ausdruck des Gesichts am Fenster, welcher diese Wirkung auf mich hatte und eine so heftige Reaktion hervorrief. Das Gesicht war eines, das mir auf dem Bild besonders aufgefallen war, da es eine gelungene Darstellung von Dekadenz, von Habgier und Verderbtheit, von Bösartigkeit und Abscheu, von jeder Art unmenschlichen Empfindens und Vorsatzes war. Die Augen waren stechend und durchdringend, der Mund voll und süffisant, das gesamte Gesicht zu höhnischer Arroganz und Lüsternheit verzogen. Es war ein hypnotisierendes, unangenehmes Gesicht, und es hatte mich auf dem Bild ebenso abgestoßen, wie es mich jetzt beängstigte. Erschrocken hatte ich den Blick vom Fenster abgewandt, doch jetzt schaute ich wieder hin. Das Gesicht war verschwunden, und nach ein paar Sekunden ging das Licht aus, und der Raum lag im Dunkeln. Der ganze Hof lag jetzt im Dunkeln, bis auf die Lampen an jeder Ecke, die tröstliche talgige Lichtpfützen auf den Kiespfad warfen.

Ich kam wieder zu mir, taub vor Kälte und durchdrungen von Furcht. Ich zitterte, und das Gefühl von Beklemmung und unmittelbarem Verhängnis war zurückgekehrt, schien mich statt meines Mantels zu umhüllen. Aber gleichzeitig war ich entschlossen, mich von diesem Gefühl nicht überwältigen zu lassen, und ging über den Hof und die Treppe hinauf zu den Räumen, in denen ich das Licht gesehen hatte. Ich erinnerte mich, dass ich dort zu unserer Zeit mit einem Freund gewohnt hatte, und fand die Räume ohne Schwierigkeiten. Vor der Tür blieb ich stehen und lauschte. Die Stille war so absolut, dass es unheimlich wirkte. Alte Gebäude geben im Allgemeinen Geräusche von sich, Knarren und Knacken, doch hier war es still und ruhig wie im Grab. Nach einem Augenblick klopfte ich an die äußere Tür, ohne eine

Antwort zu erwarten, da der Bewohner jetzt im Schlafzimmer sein und mich vermutlich nicht hören würde. Ich klopfte lauter, und als wieder keine Antwort erfolgte, drehte ich den Türknauf und betrat den kleinen Außenflur. Die Luft hier war bitterkalt, was seltsam war, da niemand solch eine Nacht in ungeheizten Räumen verbringen würde. Ich zögerte, betrat dann das Arbeitszimmer.

»Hallo«, sagte ich mit leiser Stimme.

Keine Antwort, und nachdem ich mein »Hallo« wiederholt hatte, tastete ich an der Wand nach dem Lichtschalter. Der Raum war leer, und nicht nur menschenleer, sondern insgesamt, bis auf einen Schreibtisch und einen Stuhl, einen Lehnsessel neben dem kalten und unbenutzten Kamin und ein Bücherregal ohne Bücher. Es gab ein Deckenlicht, aber keinerlei Lampen. Ich ging hinüber ins Schlafzimmer. Dort stand ein abgezogenes Bett. Sonst nichts.

Offensichtlich hatte ich die Räume verwechselt und ging wieder hinaus, um mich zu der zweiten Zimmerflucht nebenan zu begeben, der einzigen anderen zu diesem Treppenhaus hin – an jedem gab es zwei Doppelzimmerunterkünfte oben und eine einzelne, viel größere Unterkunft im Parterre, und der Schnitt war derselbe an den anderen drei

Seiten des großen Hofes. (Der innere Hof war kleiner und ganz anders gestaltet.)

Ich klopfte an, hörte wieder nur Stille und betrat auch diese Räume. Sie waren genauso leer wie die ersten – sogar noch leerer, da es bis auf die eingebauten Bücherregale keine Möbel gab. Außerdem roch es nach Gips und Farbe.

Ich überlegte, zum Nachtpförtner hinüberzugehen und ihn zu fragen, wer normalerweise an diesem Treppenhaus wohnte. Aber welchen Zweck sollte das haben? Es gab keine hier wohnenden Studenten, diese Unterkünfte waren seit Jahren nicht von Fellows benutzt worden und wurden eindeutig gerade renoviert.

Ich konnte unmöglich eine brennende Lampe und eine Gestalt an einem dieser Fenster gesehen haben. Doch ich wusste, dass ich sie gesehen hatte.

Mittlerweile völlig erschüttert, ging ich die Treppe hinunter und über den Hof zur Gästewohnung, in der ich übernachtete. Dort hatte ich eine Flasche Whisky und einen Soda-Siphon. Ohne Letzteren zu beachten, schenkte ich mir einen ordentlichen Schluck Scotch ein und kippte ihn hinunter, gefolgt von einem weiteren, den ich langsamer trank. Dann ging ich zu Bett und lag trotz des Whiskys eine ganze Weile zitternd da, bevor ich in einen schweren Schlaf fiel. Er war von den widerlichsten Albträumen erfüllt, in denen ich mich hin und her wälzte und vor Entsetzen schwitzte, Albträume voll seltsam flackernder Lichter und Feuer und der Rufe ertrinkender Menschen.

Ich erwachte von meinem eigenen Schrei, und als ich mich wieder gesammelt hatte, hörte ich etwas anderes, einen gewaltigen Rums, als sei etwas Schweres gefallen. Darauf folgte ein ferner und erstickter Schrei, als sei jemand geschlagen und verletzt worden.

Mein Herz hämmerte so laut in meinen Ohren, und durch meinen Kopf wirbelten immer noch die grausigen Bilder, dass ich einen Moment brauchte, um Albtraum von Realität zu unterscheiden, doch als ich mich mit angeschalteter Lampe ein paar Momente aufrecht hinsetzte, begriff ich, dass das, was ich gesehen hatte, und die Stimmen der ertrinkenden Menschen unwirklich und Teil verstörender Albträume gewesen waren, das krachende Geräusch und der folgende Schrei jedoch höchstwahrscheinlich nicht. Jetzt war alles ruhig, trotzdem stieg ich aus dem Bett und ging ins Wohnzimmer. Alles war in Ordnung. Ich holte meinen Morgenrock und trat hinaus ins Treppenhaus, doch auch hier war alles still und ruhig. Niemand bewohnte die angrenzende Suite, allerdings wusste ich nicht, ob ein Fellow in der darunterliegenden untergebracht war. Theo Parmitters Räume befanden sich an einem anderen Aufgang.

Ich ging in das Dunkel und die eisige Kälte hinunter und lauschte an den Türen, aber es war absolut kein Geräusch zu hören.

»Ist dort jemand? Ist alles in Ordnung?«, rief ich. Meine Stimme hallte nur seltsam die Steintreppe hinauf, und es kam keine Antwort.

Ich ging wieder zu Bett und schlief unruhig bis zum Morgen, hauptsächlich weil ich halb erfroren war und es mir schwerfiel, wieder warm zu werden und mich zu entspannen.

Als ich um kurz nach acht aus dem Fenster schaute, sah ich, dass leichter Schnee gefallen und der Brunnen in der Mitte des Hofes vollkommen zugefroren war.

Ich zog mich gerade an, als an der Außentür hastig geklopft wurde und der College-Diener mit besorgtem Blick eintrat.

»Ich dachte, Sie würden sofort erfahren wollen, Sir, dass es einen Unfall gegeben hat. Mr Parmitter …«

5

Den Arzt zu bemühen ist wirklich nicht nötig. Ich bin nur ein wenig mitgenommen, aber unverletzt.«

Dem Diener war es gelungen, Theo zu seinem Sessel im Wohnzimmer zu geleiten, wo ich ihn fand, bleich und mit einem sonderbaren Ausdruck in den Augen, den ich nicht deuten konnte.

»Der Arzt ist unterwegs, finde dich damit ab«, sagte ich und nickte dem Diener beifällig zu, der ein Tablett mit Tee gebracht hatte und einen Wasserkrug auffüllte. »Jetzt erzähl mir, was passiert ist.«

Theo lehnte sich zurück und seufzte, aber ich merkte, dass er keine Einwände mehr machen würde. »Du bist gefallen? Du musst auf etwas ausgerutscht sein. Wir müssen den Hausmeister bitten, nachzusehen ...«

»Nein. Das ist nicht seine Angelegenheit.« Er sprach recht scharf.

Ich schenkte uns beiden Tee ein und wartete, bis

der Diener gegangen war. Mir war bereits aufgefallen, dass das venezianischen Bild nicht mehr an seinem Platz hing.

»Etwas ist geschehen«, sagte ich. »Und du musst es mir erzählen, Theo.«

Er griff nach seiner Tasse, wobei mir auffiel, dass seine Hand leicht zitterte.

»Ich habe nicht gut geschlafen«, sagte er schließlich.

»Das ist nicht ungewöhnlich. Aber gestern Nacht war es lange nach zwei, bis ich eindöste, und ich schlief sehr unruhig, gequält von Albträumen und meinen allgemeinen Beschwerden.«

»Ich hatte auch Albträume«, sagte ich. »Was sehr ungewöhnlich für mich ist.«

»Das war meine Schuld. Ich hätte nie mit dieser unglückseligen Geschichte anfangen sollen.«

»Natürlich ist es das nicht – ich habe einen raschen Spaziergang gemacht, um meinen Kopf klar zu bekommen, und bin dadurch zu wach geworden. Außerdem war es verdammt kalt.«

»Nein. Es war mehr als das, genau wie bei mir. Ich bin mir dessen jetzt sicher. Meine Beschwerden machten mir so zu schaffen, und ich schlief so schlecht, dass ich wusste, es würde besser sein, wenn ich aufstand und mich in diesen Sessel setzte.

Ich brauchte einige Zeit, um aus dem Bett und in Bewegung zu kommen, und ich hatte die Uhr vier schlagen hören, bis ich hier ankam. Als ich die Wand erreichte, an der das Bild hing, zögerte ich ganz kurz – etwas brachte mich dazu. Der Draht, der das Bild hielt, zerriss, und das ganze Ding krachte herunter, streifte mich an der Schulter, worauf ich das Gleichgewicht verlor und fiel. Wenn ich nicht innegehalten hätte, wäre es mir auf den Kopf gefallen. Ganz ohne Frage.«

»Was ließ dich innehalten? Sicherlich eine Vorahnung.«

»Nein, nein. Ich nehme an, mir war unterschwellig bewusst, dass sich der Draht verformt hatte und kurz vor dem Reißen war. Aber die ganze Sache hat mich ein wenig mitgenommen.«

»Es tut mir leid – leid um dich natürlich, aber ich muss zugeben, ich bedaure es, dass ich den Rest der Geschichte nicht hören werde.«

Theo blickte mich alarmiert an. »Warum? Natürlich, wenn du abreisen musst oder sie lieber nicht … aber ich wünschte, du würdest bleiben, Oliver. Ich wünschte, du würdest mich bis zu Ende anhören.«

»Selbstverständlich werde ich das. Ich könnte es kaum ertragen, so im Ungewissen hängen zu bleiben, doch vielleicht wäre es besser für deinen Seelenfrieden, wenn wir die ganze Sache fallen ließen.«

»Unter keinen Umständen! Wenn ich dir den Rest nicht erzähle, befürchte ich, dass ich nie wieder gut schlafen kann. So, wie er mir jetzt im Kopf herumsummt, ist er verstörend wie ein Korb wütender Bienen. Ich muss sie irgendwie zur Ruhe bringen. Aber musst du jetzt wirklich nach London zurückkehren?«

»Ich könnte noch eine Nacht bleiben – und könnte die Zeit sinnvoll verwenden. Da sind einige Dinge, die ich in der Bibliothek nachschlagen kann, während ich hier bin.«

Es klopfte an der Tür. Der Arzt trat ein, und ich teilte Theo mit, ich würde später am Tag wieder zu ihm kommen, wenn ihm nach Reden zumute sei – aber er dürfe keinesfalls die Anweisungen des Arztes missachten – die Geschichte könne warten. Sie sei ohne Bedeutung. Doch das meinte ich nicht ernst. Sie war jetzt von größerer Bedeutung, als ich mir einzugestehen wagte. Genug Dinge waren geschehen, um mich einerseits zu entnerven und mich andererseits davon zu überzeugen, dass sie miteinander in Verbindung standen, obwohl jedes für sich genommen wenig bedeutete. Ich sollte betonen, dass ich keineswegs ein Mensch bin, der bereitwillig ausgefallene Schlüsse zieht. Ich bin Gelehrter und dazu ausgebildet, Beweise zu verlangen; da ich jedoch kein Anwalt bin, gebe ich mich auch gelegentlich mit Indizienbeweisen zufrieden. Außerdem bin ich ein Mensch mit starken Nerven und heiterem Gemüt, weshalb die Tatsache, dass die Vorkommnisse mich verstört hatten, bemerkenswert ist. Und ich wusste jetzt, dass Theo Parmitter ebenfalls verstört war, und vor allem, dass er mir die Geschichte des venezianischen Bildes nicht erzählt hatte, um mich zu unterhalten, während wir gemütlich beim Feuer saßen, sondern um sich von einer Last zu befreien, seine Befürchtungen und Ängste mit einem anderen menschlichen Wesen zu teilen, einem, das ihm vom Gemüt her ähnlich war und dessen ruhiger, rationaler Verstand auf sie einwirken würde.

Zumindest hatte sich mein Verstand, genau wie mein nervlicher Zustand, seit der vergangenen Nacht beruhigt. Nun, obgleich mir die Vernunft sagte, dass das Herabfallen des Bildes ein ganz normales Vorkommnis war und sich leicht erklären ließ, sagte mir mein schattenhaftes Gefühl der Vorahnung und Beklemmung etwas anderes. Ich kannte das Prinzip von Ockhams Rasiermesser und wandte es auch oft an, doch hier beherrschte meine Intuition meine Vernunft.

Den größten Teil des Tages verbrachte ich in der Bibliothek, arbeitete an einem mittelalterlichen Psalter und ging dann in die Stadt, um Tee im Café an der Trumpington Street zu trinken, das ich früher oft besucht hatte und das im Allgemeinen voll von Dampf und dem Summen der Gespräche war. Doch natürlich nur während der Trimesterzeit. Jetzt war es fast leer, und ich verzehrte meine gebutterten Crumpets in einer reichlich kühlen und bedrückenden Atmosphäre. Ich hatte gehofft, mich durch menschliche Gesellschaft aufmuntern zu lassen, aber selbst die Einkaufsstraßen waren ruhig – für Spaziergänger war es viel zu kalt, und jeder, der etwas hatte besorgen müssen, hatte sich damit beeilt, um in die Wärme und Geborgenheit seines Heims zurückzukehren.

Ich würde morgen dasselbe tun, und obgleich ich diese Stadt liebte, die ein solcher Gewinn für mich gewesen war und in der ich einige äußerst glückliche Jahre verbracht hatte, würde es mir nicht leidtun, wenn dieser spezielle Besuch vorüber war. Es war ein unglücklicher und bedrückender Besuch gewesen. Ich sehnte mich nach der Hektik von London und meinem eigenen gemütlichen Heim.

Ich kehrte ins College zurück und ging, da ich das Bedürfnis nach Gesellschaft hatte, mit einem halben Dutzend Fellows zum Essen in den Speisesaal. Wir machten fröhliche Konversation und leerten im Gemeinschaftsraum eine gute Flasche Port auf typische Cambridge-Art, daher war es ziemlich spät, als ich über den Hof und die Treppe hinauf zu meinen Räumen ging. Ich fand eine besorgte Nachricht von Theo vor, der mich bat, so bald wie möglich zu ihm zu kommen.

Bevor ich der Aufforderung nachkam, setzte ich mich für ein paar Augenblicke. Ich hatte, wie ich zugeben musste, seit dem Morgen vermieden, zu ihm zu gehen, obgleich ich mich natürlich erkundigt und erfahren hatte, dass es ihm nach dem morgendlichen Vorfall körperlich nicht schlechter ging, wenn er auch noch ein bisschen geschwächt war. Es war mir gelungen, die anhänglichen Spinnweben meiner gedrückten und bangen Stimmung zu vertreiben, und der Gedanke, noch mehr von Theos Geschichte zu hören, machte mich beklommen. Doch er hatte mich regelrecht angefleht, ihn zu Ende anzuhören, da sein Seelenfrieden davon abhing, und ich hatte ein schlechtes Gewissen, dass ich ihn den ganzen Tag allein gelassen hatte.

Daher eilte ich hinaus und die Treppe hinunter.

Theo sah besser aus. Er hatte ein kleines Glas Malt-Whisky neben sich stehen, ein prasselndes Feuer im Kamin und ein fröhliches Gesicht, und er erkundigte sich auf unbeschwerte Art nach meinem Tag.

»Es tut mir leid, dass ich beschäftigt war und nicht früher hergekommen bin.«

»Mein lieber Freund, du bist nicht in Cambridge, um den ganzen Tag bei mir herumzusitzen.«

»Trotzdem …«

Ich setzte mich und nahm ein Glas von dem Macallan entgegen. »Ich bin gekommen, um den Rest der Geschichte zu hören«, sagte ich. »Wenn du dich danach fühlst und sie mir immer noch erzählen willst.«

Theo lächelte.

Beim Hereinkommen hatte ich als Erstes nach dem Bild geschaut. Es hing wieder an der ursprünglichen Stelle, jedoch ganz im Schatten, die Lampe weggedreht und auf die gegenüberliegende Wand gerichtet. Ich nahm an, dass die Veränderung absichtlich geschehen war.

»Wo war ich stehen geblieben?«, fragte Theo. »Ich kann mich um alles in der Welt nicht daran erinnern.«

»Komm schon, Theo«, sagte ich ruhig. »Ich glaube, du erinnerst dich ganz deutlich, auch wenn du eingenickt bist und ich dich deinem Schlummer überlassen habe. Du kamst zu einem wichtigen Teil der Geschichte.«

»Vielleicht war das Einschlafen ein Akt der Selbstverteidigung.«

»Wie auch immer, du musst mir den Rest erzählen, oder wir beide werden heute Nacht wieder schlecht schlafen. Du hattest mir gerade den Artikel aus der Zeitschrift gezeigt, in dem das Bild so auffallend hervortrat. Ich fragte dich, ob der Fotograf es absichtlich in dieser Weise platziert hatte.«

»Und das hatte er nicht. Soweit mir bewusst war, hatte er ihm keine Aufmerksamkeit geschenkt, und ich hatte es sicherlich nicht getan. Aber da war es nun, beherrschte, könnte man sagen, das Foto und den Raum. Ich war zwar überrascht, doch mehr nicht. Und dann, zwei Wochen nachdem die Zeitschrift erschienen war, erhielt ich einen Brief. Ich besitze ihn immer noch und habe ihn heute Morgen herausgesucht. Ich hatte ihn abgeheftet. Er liegt dort, auf dem Tisch neben dir.«

Theo deutete auf einen steifen, elfenbeinfarbenen Umschlag. Er war an ihn hier im College adressiert und in Yorkshire abgestempelt, vor etwa dreißig Jahren. Geschrieben war er in violetter Tinte und in kunstvoller, altmodischer Schrift.

Hawdon
bei Eskby
North Riding of Yorkshire

Lieber Dr. Parmitter,

ich schreibe Ihnen im Auftrag der Gräfin von Hawdon, die den Artikel über Sie und Ihre Arbeit in dem ...-Journal gesehen hat und mit Ihnen Kontakt aufzunehmen wünscht bezüglich eines Gemäldes in dem Raum, in dem Sie offenbar fotografiert wurden. Das Bild, ein Ölgemälde einer venezianischen Karnevalsszene, hängt direkt hinter Ihnen und ist von ganz besonderem und persönlichem Interesse für Ihre Ladyschaft. Lady Hawdon hat mich gebeten, Sie hierher einzuladen, da es Angelegenheiten in Zusammenhang mit dem Bild gibt, die sie äußerst dringend besprechen muss.
Das Haus liegt nördlich von Eskby, und ein Wa-

gen wird Sie zu jeder gegebenen Zeit bei der An-
kunft Ihres Zuges am Bahnhof erwarten. Bitte
setzen Sie sich mit mir in Verbindung, um mir
Ihre Bereitschaft mitzuteilen, Ihre Ladyschaft
zu besuchen, und nennen Sie mir ein Ihnen
passendes Datum. Ich möchte erneut betonen,
dass aufgrund der schwachen Gesundheit Ih-
rer Ladyschaft und beträchtlicher Aufregung
über die Angelegenheit ein sofortiger Besuch er-
wünscht wäre.

Ihr etc.
John Thurlby
Sekretär

»Und? Bist du hingefahren?«, fragte ich, während
ich den Brief hinlegte.

»O ja. Ja, ich bin nach Yorkshire gefahren. Irgendetwas am Ton des Briefes vermittelte mir das
Gefühl, keine andere Wahl zu haben. Außerdem
war ich neugierig. Ich war noch jünger und durchaus zu einem Abenteuer bereit. Als das Trimester
zwei Wochen später endete, fuhr ich leichten Herzens los.«

Er beugte sich vor, schenkte sich ein weiteres
halbes Glas Whisky ein und bedeutete mir, dasselbe zu tun. Während er das tat, fing ich seinen

Gesichtsausdruck im Licht des Feuers auf. Er sprach leichthin, von einem Ausflug in den Norden. Doch ein gehetzter und besorgter Ausdruck hatte sich über sein Gesicht gebreitet, welcher der bewussten Fröhlichkeit seiner Worte widersprach.

»Ich weiß nicht, was ich vorzufinden erwartete«, sagte er, nachdem er einen Schluck von seinem Whisky getrunken hatte. »Ich hatte keine vorgefasste Meinung zu dem Ort namens Hawdon oder zu dieser Gräfin. Wenn das der Fall gewesen wäre ... Du glaubst, meine Geschichte sei seltsam, Oliver. Aber meine Geschichte ist nichts, sie ist nur ein Auftakt zu der Geschichte, die mir von einer außergewöhnlichen alten Dame erzählt wurde.«

6

Yorkshire erwies sich als trübe und bedeckt am Tag meiner Reise. Als ich am frühen Nachmittag umstieg, hatte es sich eingeregnet, und obgleich die Landschaft, durch die wir fuhren, bei schönem Wetter bestimmt prächtig war, konnte ich vom Zugfenster aus höchstens hundert Meter weit schauen – keine beeindruckenden Hügel und Täler und offenen Moore waren zu sehen, nur tief hängende Wolken über graubraunem Land. Es war Dezember und bereits dunkel, als der Zug hügelaufwärts schnaufend den Bahnhof von Eskby erreichte. Eine Handvoll anderer Passagiere stieg aus und verschwand rasch in der Dunkelheit des Bahnhofsdurchgangs. Die Luft war rau, und ein feuchter, kalter Wind blies mir ins Gesicht, als ich den Vorplatz erreichte, an dem zwei Taxis und, ein wenig entfernt, ein großer schwarzer Wagen standen. Kaum war ich aufgetaucht, da kam ein Mann mit einer Tweedkappe durch die Dunkelheit auf mich zugeschlittert.

»Dr. Parmitter.« Es war nicht als Frage formuliert.

»Harold, Sir. Ich soll Sie nach Hawby bringen.«

Das waren die einzigen Worte, die er freiwillig von sich gab, auf dem gesamten Weg, nachdem er meine Tasche in den Kofferraum geladen und den Motor angelassen hatte. Er hatte mir automatisch den Rücksitz zugewiesen, obwohl ich es vorgezogen hätte, neben ihm zu sitzen, und da es stockdunkel wurde, sobald wir den kleinen, an einen Hügel geschmiegten Ort verlassen hatten, war es eine trübselige Fahrt.

»Wie weit noch?«, fragte ich irgendwann.

»Vier Meilen.«

»Arbeiten Sie schon lange für Lady Hawdon?«

»Ja.«

»Wie ich hörte, ist sie bei schwacher Gesundheit?«

»Ist sie.«

Ich gab auf, lehnte meinen Kopf an das kalte Leder des Sitzes und wartete, ohne noch etwas zu sagen, auf das Ende unserer Fahrt.

Was hatte ich erwartet? Ein düsteres und einsames Haus oberhalb einer Schlucht mit efeubewachsenen, feuchten Mauern, einen halb leeren Graben, die Wälle schlüpfrig von grünem Schleim und der Boden schwarz von stehendem Wasser? Einen betagten und knochendürren Butler, runzelig und gebeugt, und eine schattenhafte, gramzerfurchte Gestalt, die auf der Treppe an mir vorbeiglitt?

Nun, das Haus war sicherlich abgelegen. Wir verließen die Landstraße und fuhren mehr als eine Meile, wie ich schätzte, über einen holprigen Feldweg, der sich jedoch am Ende plötzlich verbreiterte, und ich sah ein Tor vor mir, dessen große Eisenflügel offen standen. Die Einfahrt war kurvig, sodass am Anfang nur Dunkelheit vor uns lag, aber dann bogen wir scharf nach rechts ab und fuhren über eine niedrige Steinbrücke, und aus der Dunkelheit ragte plötzlich ein imposantes Haus auf mit mehreren erleuchteten Fenstern im oberen Stockwerk. Wir hielten auf dem Kies, und ich sah, dass die Eingangstür über den Steinstufen geöffnet war. Auch durch sie fiel Licht heraus. Alles war viel einladender, als ich erwartet hatte, und obgleich es ein herrschaftliches Haus war, hatte es etwas Ansprechendes und erinnerte nicht im Geringsten an das Haus Usher, dessen furchterregenden Zustand ich im Kopf gehabt hatte.

Ich wurde von einem freundlichen Butler begrüßt, der sich als Stephens vorstellte und mich zwei Treppen hoch in einen prächtigen Raum führte. Lange dunkelrote Vorhänge waren gegen die düstere Nacht zugezogen, und in dem Zimmer fand sich alles, was ich mir hätte wünschen können, um eine angenehme Nacht zu verbringen. Es war kurz nach sechs Uhr abends.

»Ihre Ladyschaft würde sich Ihnen gerne um halb acht im blauen Salon anschließen, Sir. Wenn Sie läuten würden, sobald Sie so weit sind, werde ich Sie hinuntergeleiten.«

»Kleidet sich Lady Hawdon zum Essen um?«

»O ja, Sir.« Das Gesicht des Butlers blieb ausdruckslos, aber ich nahm einen Hauch von Geringschätzung in seiner Stimme wahr. »Falls Sie kein Dinnerjacket haben ...«

»Doch, vielen Dank, das habe ich. Aber ich hielt es für das Beste, mich zu erkundigen.«

Es war erst ein nachträglicher Einfall gewesen, das Jackett und die schwarze Fliege einzupacken, da ich es immer für besser hielt, auf alles vorbereitet zu sein, als auf zu wenig. Aber ich hatte keine Ahnung, was ich von dem vor mir liegenden Abend erwarten sollte.

Stephens kam prompt, um mich die Treppe hinunter und durch einen breiten Flur zu geleiten, gesäumt von vielen großen Ölgemälden, einigen Jagddrucken und Vitrinen voller Raritäten, darunter Masken, Fossilien und Muscheln, Silbersachen und Emaillearbeiten. Wir gingen so schnell, dass ich kaum mehr als flüchtige Blicke nach links und rechts werfen konnte, doch meine Stimmung hob sich bei dem Gedanken, welche Schätze dieses Haus in sich bergen musste und welche davon mir zu sehen erlaubt sein würden.

»Dr. Parmitter, m'Lady.«

Es war ein äußerst herrschaftlicher Raum mit einem herrlichen Kamin, vor dem drei große Sofas eine Sitzgruppe bildeten, auf die das Lampenlicht und der Feuerschein fielen. Überall im Raum gab es Lampen, auf kleinen Tischen und zur Beleuchtung von Bildern, aber sie waren abgedämpft worden. An den Wänden hing eine Reihe guter Bilder, edwardianische Familienporträts, Jagdszenen, zu Gruppen zusammengestellte kleine Ölgemälde. Auf der anderen Seite des Raumes sah ich einen Flügel und daneben ein Cembalo stehen.

An diesem Salon war nichts Vermoderndes, Verfallendes oder Erschreckendes. Aber die Frau, die auf einem Stuhl mit gerader Rückenlehne saß, das Gesicht vom Feuer abgewandt, war dem Raum an Wärme und Entgegenkommen nicht eben-

bürtig. Sie war sehr alt, hatte die bleiche, perga-
mentene Haut hohen Alters, eine Haut wie die
papierdünnen Blätter getrockneter Mondviolen.
Ihr Haar war weiß und dünn, jedoch kunstvoll
hochgesteckt und mit glitzernden Ornamenten
geschmückt. Sie trug ein langes Kleid aus einem
grünen Stoff, an dem eine prächtige Diamant-
brosche befestigt war, und ein Diamantcollier um
ihren langen, sehnigen Hals. Ihre Augen waren
tief eingesunken, wenn auch nicht die verwasche-
nen Augen einer alten Frau. Sie waren von einem
stechenden, enervierenden Blau.

Sie rührte sich nicht, außer um mir ihre linke
Hand hinzustrecken, während ihre Augen mein
Gesicht musterten. Ich ergriff die kalten, knochi-
gen Finger, die schwer, sogar grotesk mit Juwelen geschmückt waren, wiederum mit Diamanten,
aber auch mit einem gewaltigen Smaragd.

»Dr. Parmitter, bitte nehmen Sie Platz. Danke,
dass Sie hierhergekommen sind.«

Als ich mich gesetzt hatte, erschien der Butler
und servierte Champagner. Ich bemerkte, dass es
ein besonders guter Jahrgang war und dass die
Gräfin nichts davon trank.

»Das ist ein sehr prächtiges Haus, und Sie besitzen ein paar wunderbare Kunstwerke«, sagte ich.

Sie wedelte leicht mit der Hand.

»Ich nehme an, dass sich das Haus schon seit Generationen in der Familie befindet?«

»Ja.« Eine unangenehme Stille trat ein, und ich spürte, wie sich eine düstere Stimmung auf mich herabsenkte. Das würde ein schwieriger Abend werden. Die Gräfin war eindeutig nicht zu müßiger Plauderei aufgelegt, ich wusste immer noch nicht genau, warum man mich herbeordert hatte, und trotz der Bequemlichkeit und der schönen Umgebung fühlte ich mich befangen. Ich fragte mich, ob wir das Dinner allein einnehmen würden.

Dann sagte sie: »Sie können nicht ermessen, welches Erschrecken mich überfiel, als ich das Bild sah.«

»Das venezianische Bild? Ihr Sekretär erwähnte es in seinem Brief an mich ...«

»Ich weiß nichts von Ihnen. Normalerweise sehe ich mir keine illustrierten Zeitschriften an. Stephens stieß zufällig darauf und machte mich natürlich darauf aufmerksam. Es nahm mich stark mit, wie gesagt.«

»Darf ich fragen, wieso? Was das Bild mit Ihnen zu tun hat – oder vielleicht mit Ihrer Familie? Offensichtlich ist es von einiger Wichtigkeit für Sie, wenn Sie mich hierherbitten.«

»Es ist von größerer Wichtigkeit, als ich sagen kann. Nichts anderes in meinem Leben bedeutet mir mehr. *Nichts anderes.*«

Ihr Blick hielt meinen fest, wie eine Hand eine andere mit stählernem Griff festhalten kann. Ich konnte nicht wegschauen, und nur die Stimme des sich geräuschlos bewegenden Butlers, der nun hinter uns auftauchte und das Dinner ankündigte, brach den erschreckenden Bann.

Das Speisezimmer war kühl und hatte eine hohe Decke, und wir saßen zusammen am einen Ende des langen Tisches, mit silbernen Kerzenhaltern vor uns und dem ganzen Drum und Dran aus Porzellan, Silberbesteck und Gläsern für ein aufwendiges Dinner. Ich überlegte, ob die Gräfin diesen Aufwand wohl auch betrieb, wenn sie allein speiste. Ich hatte ihr den Arm gereicht, um sie über den blank gebohnerten Boden in das Speisezimmer zu führen, und es war, als würde die Kralle eines Vogels auf meinem Arm ruhen. Ihr Rücken war gebeugt, und sie hatte kein Fleisch auf den Knochen. Ich schätzte, dass sie weit über neunzig war. Wie sie da neben mir saß, wirkte sie mehr wie eine Motte als ein Vogel, mit den strahlenden blauen Augen, die mich aus der bleichen Haut anfunkelten, doch ich bemerkte, dass sie mit

Rouge und Puder geschminkt und ihre Nägel lackiert waren. Sie hatte eine hohe Stirn, über der ihr Haar aufgesteckt war, eine scharfe, knochige Nase und einen dünnlippigen Mund. Auch ihre Wangenknochen waren hoch, und ich dachte, dass sie mit ihren blauen Augen und mit Fleisch auf diesen vornehmen Knochen in ihrer Jugend womöglich eine beachtenswerte Schönheit gewesen sein könnte.

Eine Platte mit geräuchertem Fisch wurde gereicht, zusammen mit dünn geschnittenem Brot und Zitronenschnitzen, und vor uns wurde eine Salatschale gestellt. Ich griff zu, teilweise weil ich hungrig war, aber auch um für ein paar Augenblicke nicht sprechen zu müssen. Ein guter weißer Burgunder wurde eingeschenkt, wenngleich die Gräfin wieder nichts trank, bis auf das Wasser aus dem Glas neben ihr. Das Dinner wurde auf würdevolle Weise fortgesetzt, und die Gräfin sprach wenig, außer um mir ein paar Brocken ziemlich langweiliger Informationen über die Geschichte des Hauses mitzuteilen und mir ein paar oberflächliche Fragen nach meiner Arbeit zu stellen. An ihrem Gehabe war nichts Lebendiges. Sie aß wenig, brach ein Stück Brot in kleine Stücke und ließ sie auf ihrem Teller liegen und wirkte müde und distanziert. Mir wurde flau bei dem Gedanken, den Rest eines langen, langsam vergehenden Abends mit ihr zu verbringen, und ich war frustriert, dass der Zweck meiner Reise noch nicht erreicht worden war.

Am Ende des Dinners kam der Butler, um anzukündigen, dass Kaffee im »blauen Zimmer« serviert würde. Die Gräfin nahm meinen Arm, und wir folgten ihm wieder den langen Flur entlang und durch eine Tür in einen kleinen, holzgetäfelten Raum. Ich spürte kaum das Gewicht ihrer Hand, aber die Finger waren bleiche Knochen, die auf meinem Jackett ruhten, und der riesige Smaragdring wirkte wie ein Furunkel.

Das blaue Zimmer war teilweise eine Bibliothek – wobei ich jedoch Zweifel hatte, ob irgendeiner der schweren, ledergebundenen Bände seit Jahren aus den Regalen genommen worden war – und teilweise behangen mit faden Karten der Grafschaft und juristischen Dokumenten mit Siegeln, gerahmt und hinter Glas. Aber es gab einen langen, lackierten Tisch, auf dem mehrere große Alben lagen, und die Zeitschrift mit dem Artikel und dem venezianischen Bild hinter mir war aufgeschlagen ausgebreitet. Der Butler schenkte mir Kaffee ein und ein weiteres Glas Wasser für die

Gräfin, half ihr auf einen Stuhl am Tisch vor den Alben und verließ uns. Zuvor dämpfte er noch das Hauptlicht ein wenig. Zwei Lampen beleuchteten den Tisch zu beiden Seiten von uns, und die Gräfin bedeutete mir, neben ihr Platz zu nehmen.

Sie öffnete eines der Alben, und ich sah, dass es Fotografien enthielt, sorgfältig eingeklebt und mit Namen, Ort, Datum versehen, in sauberer Tintenschrift. Vorsichtig blätterte sie mehrere Seiten um, ohne Erklärung oder Einladung an mich, sie mir anzuschauen, kam aber schließlich zu einer Doppelseite mit Hochzeitsbildern von vor siebzig oder mehr Jahren, Sepiabilder mit dem sitzenden Bräutigam, der stehenden Braut, andere mit Eltern, die Frauen in Spitze gehüllt und mit großen Hüten, die Männer mit Schnurrbart.

»Meine Hochzeit, Dr. Parmitter. Bitte schauen Sie genau hin.«

Sie drehte das Album zu mir. Ich betrachtete die verschiedenen Gruppen. Die Gräfin war in der Tat eine sehr schöne junge Frau gewesen, selbst ohne ein Lächeln, wie es für solche Aufnahmen üblich war, und ich bewunderte ihr langes Gesicht mit der reinen Haut, der geraden Nase, dem kleinen und hübschen Mund, dem kecken Kinn. Ihre Augen waren groß und tief liegend, und obwohl die

Fotos in Sepia waren, konnte ich mir das erstaunliche Blau vorstellen.

»Fällt Ihnen nichts auf?«

Das tat es nicht. Ich schaute lange hin, aber ich kannte niemanden, erkannte nichts wieder.

»Schauen Sie auf meinen Mann.«

Ich kam der Aufforderung nach. Er war ein dunkelhaariger junger Mann, als Einziger glatt rasiert. Sein Haar war seitlich leicht gewellt, seine Lippen recht voll. Er hatte ein gut aussehendes, charaktervolles Gesicht, doch keines, würde ich sagen, von seltenem Charakter.

»Ich gestehe, dass ich ihn nicht kenne – ich erkenne niemanden, außer Ihnen natürlich.«

Sie wandte mir nun ihren Blick zu, und auf ihrem Gesicht lag ein merkwürdiger Ausdruck, einerseits von Hochmut, aber auch, wie ich sah, von einer Qual, die ich nicht erfassen konnte.

»Bitte …«

Ich sah erneut hin und verspürte in diesem Sekundenbruchteil ein außerordentliches Aufblitzen von – was? Schock? Erkenntnis? Offenbarung?

Was auch immer es war, es muss sich deutlich auf meinem Gesicht abgezeichnet haben, denn die Gräfin sagte: »Ah. Jetzt sehen Sie es.«

Ich tastete einen Moment lang im Dunkeln. Ich

hatte gesehen, und doch, was hatte ich gesehen? Ich wusste jetzt, dass da etwas sehr Vertrautes war, beinahe möchte ich sagen, eng Vertrautes, an diesem Gesicht – aber welchem Gesicht? Nicht an ihrem, nicht an dem von … Nein. An *seinem* Gesicht. Dem Gesicht ihres jungen Ehemanns. Ich kannte es, oder jemanden, der ihm sehr ähnlich sah. Es war, als kenne ich es so gut, dass es das Gesicht eines Mitglieds meiner eigenen Familie war, ein Gesicht, das ich täglich sah, ein Gesicht, mit dem ich so vertraut war, dass ich es, wenn du mich verstehst, nicht mehr bewusst wahrnahm.

Irgendwas war da im Dunkeln meines Gedächtnisses, außer Reichweite, nicht zu packen, schwebend, aber ungreifbar.

Ich schüttelte den Kopf.

»Schauen Sie.« Sie hatte nach der Zeitschrift gegriffen und blickte darauf – einen Moment lang dachte ich, sie betrachte das Foto von mir in meinen College-Räumen. Aber dann schob sie mir die Zeitschrift zu und deutete mit einem ihrer langen, dünnen Finger darauf.

Es gab einen kurzen Augenblick, in dem mich das, was ich sah, in einer solchen Schockwelle überschwemmte, dass mir übel wurde und der

Raum hin und her zu schwanken schien. Was da im Dunkeln meines Gedächtnisses gelauert hatte, sprang vor und fand genau seinen Platz. Doch wie konnte ich glauben, was ich gesehen hatte? Wie konnte das sein?

Das venezianische Bild war deutlich auf dem Zeitschriftenfoto zu erkennen, doch selbst wenn das nicht der Fall gewesen wäre, kannte ich es so gut, so gründlich und genau, war so vertraut mit jeder Einzelheit, dass ich mich nicht irren konnte. Da war, du erinnerst dich, eine bestimmte Szene innerhalb der Szenerie. Ein junger Mann wird am Arm festgehalten und von einer zweiten Person bedroht, kurz davor, eines der Boote zu besteigen, und sein Kopf ist abgewandt, um jeden anzuschauen, der das Bild betrachtet, mit einem Ausdruck seltsamen, verzweifelten Entsetzens und Flehens. Jetzt sah ich es mir an, und es war lebendig, selbst in dieser Reproduktion, auf dem Foto. Das Gesicht des jungen Mannes, der überredet wird, das Boot zu besteigen, war das Gesicht des Ehemannes der Gräfin. Daran gab es keinen Zweifel. Das war keine bloße Ähnlichkeit. Die beiden jungen Männer hatten keine nur ähnliche Physiognomie. Sie waren ein und derselbe. Ich sah es an den Augen, den Lippen, der

Haltung des Kopfes, dem vorspringenden Kinn. Alles kam in einem Moment des Erkennens zusammen.

Sie starrte mich durchdringend an.

»Mein Gott«, flüsterte ich. Aber ich kämpfte um Worte, versuchte, bei Verstand zu bleiben. Natürlich musste es eine vernünftige, eine ganz gewöhnliche, eine rationale Erklärung geben.

»Ihr Mann hat dem Künstler also Modell gesessen.«

Noch als ich es sagte, wusste ich, wie lächerlich das klang.

»Das Bild wurde im späten achtzehnten Jahrhundert gemalt.«

»Dann ist es – ein Verwandter? Einer, den Sie vielleicht gerade erst entdeckt haben? Das ist eine außergewöhnliche Familienähnlichkeit.«

»Nein. Es ist mein Mann. Es ist Lawrence.«

»Dann verstehe ich es nicht.«

Sie beugte sich jetzt über das Foto, schaute auf das Bild und das Gesicht ihres jungen Ehemannes, mit einer so starken Sehnsucht und Qual, wie ich sie nie gesehen hatte.

Ich wartete einige Zeit. Dann sagte sie: »Ich würde gerne in den Salon zurückkehren. Nachdem Sie dies gesehen haben, nachdem Sie nun wissen … kann ich Ihnen erzählen, was es zu erzählen gibt.«

»Ich würde es gerne hören. Aber ich habe keine Ahnung, wie ich Ihnen helfen kann.«

Sie streckte die Hand aus, damit ich ihr hochhalf.

»Wir können es allein schaffen. Wir brauchen Stephens nicht zu bemühen.«

Wieder ruhte die dünne, gewichtslose Hand auf meinem Arm, und wir gingen den Flur entlang, nun im Schatten, da alle Lampen abgedämpft worden waren, sodass die Bilder und Vitrinen im Dunkeln lagen und nur die vergoldete Ecke eines Rahmens oder eine Glasscheibe geisterhaft im talgfarbenen Licht aufblitzten.

Die Geschichte der Gräfin

Ich habe geheiratet, als ich zwanzig war. Meinen Mann lernte ich bei einem Ball kennen, und wir erlebten einen *coup de foudre*. Wenige Menschen haben das Glück, etwas zu erleben, das gemeinhin Liebe auf den ersten Blick genannt wird. Wenige Menschen erfahren und begreifen deren ungeheure Verwandlungskraft. Wir sind die vom Glück Begünstigten. So ein Erlebnis verändert Menschen vollkommen und für immer.

Es war ein so gewöhnlicher Ort zum Kennenlernen. Auf diese Weise lernten sich junge Menschen zu jener Zeit kennen, nicht wahr? Ich nehme an, das ist noch heute so. Aber wie viele von ihnen erleben eine so unmittelbare, so blendende Liebe? Er war einige Jahre älter, Anfang dreißig. Doch das spielte keine Rolle. Nichts spielte eine Rolle. Meine Eltern waren ein wenig besorgt – ich war jung, und ich hatte eine ältere Schwester, die im normalen Verlauf der Dinge vor mir hätte verheiratet werden sollen. Aber sie betrachteten Lawrence nichtsdestoweniger mit Wohlwollen. Nur eines bereitete uns Sorgen. Er hatte kurz vor der Verlobung gestanden. Er hatte noch keinen Heiratsantrag gemacht, doch es gab eine Vereinbarung. Wenn er und ich uns nicht an jenem Abend kennengelernt hätten, wäre es sicherlich zu einer Verlobung und einer Hochzeit gekommen, und die fragliche junge Frau war natürlich bitter enttäuscht und gekränkt. Solche Dinge geschehen, Dr. Parmitter. Ich hatte keinen Grund, mich in irgendeiner Weise schuldig zu fühlen. Er vielleicht ebenso wenig. Aber er machte sich selbstverständlich große Sorgen um das Mädchen, und ich – als es mir schließlich erzählt wurde – fühlte mich so schuldig und bekümmert, wie man es von einem zwanzigjährigen, über beide Ohren verliebten Mädchen erwarten kann. Was geschieht in solchen Fällen? Für gewöhnlich leidet die Betroffene eine gewisse Zeit lang an verletztem Stolz und gebrochenem Herzen, was beides irgendwann heilt, im Allgemeinen durch das Auftauchen eines anderen Bewerbers.

In diesem Fall war es nicht so. Die junge Frau, deren Name Clarissa Vigo war, litt so stark, dass es ihren Geist verwirrte, wie ich glaube. Ich hatte sie vorher nicht gekannt, aber mir war versichert worden – und ich hatte keinen Grund, es zu bezweifeln –, dass sie eine charmante, sanfte, großzügige junge Frau gewesen war. Sie wurde ein verbittertes, wütendes, gequältes Wesen, dessen einziger Gedanke der Kränkung galt, die sie erlitten hatte, und wie sie Rache üben könnte. Am besten natürlich durch die Zerstörung unseres Glücks. Das war es, worauf sie all ihr Trachten richtete und was ihre Zeit und Energie und Leidenschaft aufzehrte. Das meiste wurde von mir ferngehalten, zumindest am Anfang, doch wie ich später erfuhr, war ihre Familie so verzweifelt um ihre geistige Gesundheit besorgt, dass sie eines Tages einen Priester zu Hilfe rief!

Das war nicht der Gemeindepfarrer, Dr. Parmitter. Es war ein Priester, der den Exorzismus durchführte. Er wurde sowohl zu Häusern gerufen, die unter dem Einfluss unglücklicher Geister standen, als auch zu Personen, die sich verhielten, als seien sie besessen. Ich glaube, auf diese Weise wurde die junge Frau behandelt. Doch er verließ sie, sagte er, in Verzweiflung. Er fühlte sich nicht in der Lage, ihr zu helfen, da sie keine Hilfe zuließ. Ihre Bitterkeit und das Verlangen nach Vergeltung waren so stark geworden, dass sie vollkommen von ihr Besitz ergriffen hatten. Sie wurden ihr Lebenszweck. Ob es das ist, was man als dämonische Besessenheit klassifizieren kann, weiß ich nicht. Ich weiß nur, dass sie auf Zerstörung aus war. Und sie hatte Erfolg. Sie war auf die grausigste Weise erfolgreich. Ich habe immer geglaubt, wenn der Priester damals ihre Dämonen hätte austreiben können, wäre alles gut geworden, doch da er es nicht konnte, wurde alles schlimmer, ihre Entschlossenheit wurde stärker und damit ihre Macht, Schaden zuzufügen. Sie war tatsächlich besessen. Wut und Eifersucht sind entsetzliche Kräfte, wenn sie sich mit einem eisernen Willen vereinen.

Aber am Anfang ahnte ich nichts von alldem. Lawrence erwähnte sie nur flüchtig und eher indirekt, und natürlich war auch ich besessen und in Besitz genommen – von einer gleichermaßen unbeirrbaren und machtvollen Liebe.

Meine Zeit und meine Energie wurden vollkommen von Lawrence und unserer bevorstehenden Hochzeit in Anspruch genommen, Vorbereitungen für unser neues Heim und so weiter. All das ist natürlich ganz gewöhnlich. Ich war keine ungewöhnliche junge Frau, wissen Sie? Zwei Dinge geschahen in den Wochen vor unserer Hochzeit. Ich erhielt einen anonymen Brief. Anonym? Er war nicht unterschrieben, und ich wusste nicht, wer ihn geschickt hatte. Damals nicht. Er war voller Gift. Gift gegen mich, gegen Lawrence, bitteres, rachsüchtiges Gift. Er enthielt auch die Drohung, unsere Zukunft zu zerstören. Uns Schmerz und Entsetzen und niederschmetternden Verlust zuzufügen. Ich war total verängstigt. In meinem glücklichen jungen Leben hatte ich niemals Hass kennengelernt, und hier war er, auf mich gerichtet, Hass und das Verlangen – nein, mehr, die Entschlossenheit, zu verletzen. Mehrere Tage lang hielt ich den Brief in der Schublade meines Schreibpults verschlossen. Er schien sich durch das Holz zu brennen. Jedes Mal, wenn ich näher kam, schien ich ihn zu riechen, den Hass zu spüren, der von ihm ausströmte, daher riss ich ihn schließlich in Fetzen und verbrannte ihn im Kamin. Danach versuchte ich, mir den Brief aus dem Kopf zu schlagen.

Wir sollten im folgenden Monat heiraten, und es trafen bereits Hochzeitsgeschenke im Haus meiner Eltern ein – Besteck, Geschirr und so weiter. Ich war glücklich damit beschäftigt, auszupacken, mir alles anzuschauen und kleine Dankesbilletts zu schreiben. Und eines Tages – ich erinnere mich ganz deutlich – traf zusammen mit ein paar hübschen antiken Tischchen und einer

Fußbank ein Bild ein. Eine Karte hing daran, auf welcher der Name des Malers stand und ein Datum, 1797. Dazu eine Nachricht: »Für die Braut und den Bräutigam. Möge das, was begonnen hat, vollendet werden«, in derselben Schrift wie der bösartige Brief. Ich hasste das Bild vom ersten Moment an. Zum Teil natürlich, weil es von einer unbekannten Person kam, derselben Unbekannten, die mir den Brief geschickt hatte und uns Böses wünschte. Aber es war mehr als das. Ich wusste nicht viel von Kunst, war jedoch mit erfreulichen Bildern aufgewachsen, die durch die Familienlinie meiner Mutter auf uns überkommen waren, bezaubernde ländliche Szenen aus England und Gemälde von Familien mit Pferden und Hunden, in Öl gemalte Stillleben mit Blumen und Früchten, unschuldige, fröhliche Dinge, die mir gefielen. Das hier war in meinen Augen ein dunkles, sinistres Bild. Wenn ich damals die Ausdrücke »korrupt« und »dekadent« gekannt hätte, dann hätte ich sie benutzt, um es zu beschreiben. Als ich die Gesichter jener Leute betrachtete, die Augen hinter den Masken und das befremdliche Lächeln, die Andeutung von Gestalten an den Fenstern, Gestalten im Schatten, erschauderte ich. Ich fühlte mich unbehaglich. Ich hatte Angst.

Aber als Lawrence das Bild sah, fand er dafür nur Lob. Er hielt es für interessant. Als er mich fragte, wer es geschickt hätte, log ich. Ich sagte, ich hätte die Karte verlegt, sie bei all dem Auspacken mit anderen durcheinandergebracht. Ich hätte keinesfalls meine Gefühle über das Bild ausdrücken können – sie waren so sonderbar, selbst für mich, so anders als alles, was ich je empfunden hatte. Ich hätte nicht die richtigen Worte dafür finden können, und außerdem hätte ich befürchtet, mich lächerlich zu machen. Zwei Geheimnisse. Kein guter Anfang für eine Ehe, mögen Sie denken. Doch was hätte ich sonst tun sollen?

Ich hatte so wenig Erfahrung mit der Welt und unterschiedlichen Arten von Menschen. Ich war so glücklich und behütet aufgewachsen. Daher begriff ich erst ein oder zwei Tage vor unserer Hochzeit, wer sowohl den unangenehmen Brief als auch das Bild geschickt hatte, und das auch nur, weil ich zufällig einen in derselben Handschrift an Lawrence adressierten Umschlag sah. Ich fragte ihn, wer ihn geschickt hatte, und er erzählte mir natürlich, dass es die junge Frau gewesen sei, die er hätte heiraten sollen. Ich erinnere mich an den Ton in seiner Stimme, als hielte er etwas vor mir zurück, als versuche er, sich nichts aus dem Brief zu machen. Es sei nur eine kleine Information, um die er vor Monaten gebeten habe, sagte er und wechselte das Thema. Ich machte mir keine Sorgen, dass er noch Gefühle für sie hegte. Ich machte mir Sorgen, weil ich sofort wusste, dass auch er einen Brief voller Hass und Feindseligkeit erhalten hatte, dass er mich schützen und es vor mir verbergen wollte und dass die Frau uns das Bild geschickt hatte. Ich fragte ihn nicht. Ich brauchte ihn nicht zu fragen. Aber sobald sich alles zusammengefügt hatte, verspürte ich mehr Furcht denn je. Doch wovor fürchtete ich mich – wie sollte ich das wissen? Ich verabscheute das Bild – es stieß mich ab, brachte mich zum Schaudern. Und doch war es nur ein Bild. Wir konnten es in eine abgelegene Ecke unseres Hauses hängen oder sogar verpackt lassen und wegstellen. Unsere Hochzeit war ein glückliches Ereignis. Alle waren glücklich – unsere Familien, unsere Freunde. Wir waren glücklich. Nur eine Person auf der Welt war es nicht, doch sie nahm selbstverständlich nicht teil, und an jenem Tag hätte niemand unseren Gedanken ferner sein können als sie.

Ich bemühte mich nach Kräften, mir die Vorfälle und das Bild aus dem Kopf zu schlagen, und wir begannen unser Eheleben. Sechs Wochen nach der

Hochzeit starb ganz plötzlich Lawrences Vater, der Earl of Hawdon. Lawrence war der älteste Sohn, und ich wurde unvermutet, noch keine einundzwanzig Jahre alt, zur Herrin dieses großen Hauses, mit einem Ehemann, dem die Führung eines ausgedehnten Besitzes auferlegt war. Wir hatten kurze Flitterwochen an der Südküste verbracht und eine längere Reise für das kommende Frühjahr geplant. Nun würden wir diese Reise vielleicht nie antreten.

Ich habe gesagt, dass mein Schwiegervater plötzlich starb – ganz plötzlich und unerwartet. Er war bester Gesundheit gewesen – ein kraftvoller Mann, der eines Abends nach dem Dinner tot an seinem Schreibtisch gefunden wurde. Ein Schlaganfall. Natürlich glaubten wir den Ärzten. Das muss man doch. Welchen Grund sollte es geben, ihre Auskunft in Zweifel zu ziehen?

Ich muss Ihnen nun etwas erzählen, was Sie vermutlich nicht glauben werden. Das heißt, zunächst nicht glauben werden. Ich möchte Sie bitten, hinüber zum Sekretär auf der anderen Seite des Raumes zu gehen und sich die gerahmte Fotografie anzusehen, die dort steht.

*

Ich durchquerte den langen, stillen Raum, verließ die Gräfin, eine winzige, geisterhafte Gestalt, zusammengekauert auf ihrem Sessel im Kreis des Lampenscheins, und betrat die Schatten. Aber es gab eine Lampe auf dem Schreibtisch, die ich anknipste. Sowie ich das tat, blieb mir die Luft weg.

Ich sah ein Foto in einem schlichten Silberrahmen. Es zeigte einen Mann mittleren Alters, der an demselben Sekretär saß, halb der Kamera zugewandt. Seine Hände ruhten auf der Schreibunterlage, die jetzt vor mir lag. Er hatte eine hohe Stirn, einen dichten Haarschopf, einen vollen Mund, schwere Lider. Es war ein gutes Gesicht, ein kraftvolles, resolutes Gesicht mit Charakter, und auch ein gut aussehendes. Aber ich war von dem Gesicht wie gebannt, weil ich es kannte. Ich hatte es schon zuvor gesehen, viele Male. Ich war vertraut damit.

Ich hatte mit diesem Gesicht gelebt.

Ich schaute zu der alten Frau zurück, die erneut den Kopf gesenkt hatte, die Augen geschlossen, eine leere Hülle.

Doch sie sprach, und ihre Stimme ließ mich zusammenfahren. »Jetzt sehen Sie es also.«

Meine Kehle war trocken, und ich musste mich mehrfach räuspern, bevor ich ihr antworten konnte, und selbst da klang meine Stimme seltsam und unvertraut.

»Ich sehe es, aber ich weiß kaum, was ich da sehe.«

Ich wusste es jedoch. Ich wusste es, noch während ich sprach. Ich hatte es in dem Moment gewusst, als mein Blick auf das Foto fiel. Und trotzdem ... verstand ich es nicht.

Ich kehrte zu meinem Sessel gegenüber der alten Frau zurück.

»Bitte schenken Sie sich nach.«

Dankbar folgte ich der Aufforderung. Nachdem ich meinen Whisky hinuntergekippt und mir einen zweiten eingeschenkt hatte, sagte ich: »Nun, ich gestehe, dass ich es nicht verstehe, aber ich kann nur annehmen, es handelt sich um einen üblen Scherz ... das Gemälde kann natürlich nicht von diesem Datum stammen, es gibt einen Trick, einen Schwindel? Ich hoffe, Sie werden es mir erklären.«

Ich hatte in aufgesetzt amüsiertem und überlautem Ton gesprochen, und als die Worte in die Stille zwischen uns fielen, kam ich mir wie ein Narr vor. Welche Erklärung es auch immer geben konnte, um einen Scherz handelte es sich nicht.

Die Gräfin betrachtete mich mit Verachtung.

»Hier geht es weder um einen üblen Scherz noch um einen Irrtum. Doch das wissen Sie.«

»Ich weiß.«

Schweigen. Ich fragte mich, wie dieses große Haus so still sein konnte. Meiner Erfahrung nach sind alte Häuser nie so, sie sprechen, in ihnen gibt es Bewegung und leise Stimmen und gelegentliche Schritte, sie haben ein Eigenleben, aber dieses Haus hatte keines.

✳

Nichts geschah unmittelbar darauf. Mein Schwiegervater war tot, und wir mussten uns all den Aufgaben widmen, die mit einem Todesfall verbunden sind – und zusätzlich war mein Mann in ein vollkommen neues Leben mit all den dazugehörigen Verpflichtungen hineingeworfen worden. Wir waren noch nicht mal in das kleine Haus am anderen Ende der Besitzung eingezogen, das unser eheliches Heim hätte werden sollen, und sahen uns jetzt gezwungen, stattdessen dieses große Haus zu übernehmen. Wir hatte gerade erst unsere Hochzeitsgeschenke ausgepackt, und für die meisten Gaben war hier kein Platz. Es war in der Woche nach unserem Einzug. Lawrence und seine Mutter waren natürlich erschüttert und immer noch in tiefer Trauer. Ich war ebenfalls traurig, doch ich hatte meinen Schwiegervater kaum gekannt. Wie eine verlorene Seele wanderte ich in diesem riesigen Haus umher, versuchte alle Zimmer kennenzulernen, eine Rolle für mich zu finden und niemandem im Weg zu stehen. Auf einer dieser Wanderungen stieß ich schließlich auf das venezianische Bild. Man hatte es mit einigen anderen Gegenständen in einem der kleinen Salons im ersten Stock abgestellt – ein Zimmer, das wohl nur selten benutzt wurde. Es roch nach Feuchtigkeit und machte einen leeren, unbewohnten Eindruck. Die Vorhänge hingen schwer herab, die Möblierung war anscheinend schlecht gewählt.

Das Bild stand angelehnt auf einem halb leeren Bücherregal. Es war mir zugewandt, als ich das Zimmer betrat. Und ... und es kam mir so vor, als zöge es mich in sich hinein und jedes Gesicht schaue in meines. Ich kann es nicht besser beschreiben. Jedes Gesicht. Ich wollte das Zimmer sofort verlassen, aber ich konnte es nicht, das Bild zog mich in sich hinein, als hätte jede darauf gemalte Person die Kraft, die Hand auszustrecken und mich zu sich zu ziehen. Während ich näher kam, traten manche Gesichter zurück, manche verschwanden vollkommen im Schatten und waren nicht mehr vorhanden. Aber ein Gesicht blieb da. Ein Gesicht an einem Fenster. Da war ein Palazzo mit zwei erleuchteten Fenstern und offenen Läden und einem Balkon, der auf den Canal Grande hinausging. In einem dieser erleuchteten Räume, den Blick jedoch nach draußen gerichtet, als wolle er unbedingt fliehen – sich sogar vom Balkon in das Wasser darunter stürzen, um zu entkommen –, befand sich ein mir zugewandter Mann. Sein Körper war nicht deutlich dargestellt, seine Kleidung schien nur hastig skizziert zu sein, beinahe wie ein nachträglicher Gedanke. Doch sein Gesicht ... Es war das Gesicht meines Schwiegervaters, erst vor so Kurzem, so plötzlich verstorben. Es war sein exaktes Ebenbild, nur trug es einen Ausdruck, den ich nie an ihm gesehen hatte, einen voller Furcht und Verzweiflung, voller Panik. Entsetzen? Ja, sogar Entsetzen. Ich wusste, dass ich nicht nur sein Gesicht, diese Ähnlichkeit, bisher auf dem Bild nie bemerkt hatte, sondern dass es, ganz bestimmt und eindeutig, *nicht dort gewesen war.*

Sie können sich vorstellen, wie mir zumute war, Dr. Parmitter. Ich war eine sehr junge Frau, die bereits einer Reihe großer Veränderungen in ihrem Leben ausgesetzt worden war. Ich war zum ersten

Mal leidenschaftlichem, unbeirrbarem Hass und Eifersucht begegnet, musste mich zum ersten Mal mit einem plötzlichen Todesfall auseinandersetzen, und nun stand ich allein in einem abgelegenen Zimmer dieses Hauses, das mein Heim war und mir doch so fremd, und schaute in das entsetzte Gesicht meines toten Schwiegervaters, eingefangen auf einem Bild.

Mir wurde übel und schwindelig, und ich erinnere mich, dass ich mich an einen Stuhl klammerte, während der Boden unter mir schwankte. Ich war verängstigt und verwirrt. Was sollte ich tun? Mit wem konnte ich darüber reden? Wie konnte ich meinen Mann dazu bringen, sich das Bild anzuschauen? Wie sollte ich es anstellen, ihm zu erzählen, was ich bisher gänzlich für mich behalten hatte? Nur zwei Menschen wussten davon – ich selbst und diese Frau, Clarissa Vigo. Ich war mit etwas konfrontiert, das ich nicht verstand, und war schlecht gerüstet, damit umzugehen.

Ich wagte kaum, das Bild zu berühren, doch dann nahm ich es herunter und kehrte es mit der Vorderseite zur Wand. Noch lieber hätte ich es in einen der fernsten Speicher getragen und dort versteckt. Aber ich bezweifelte, dass viele Menschen in diesen modrigen kleinen Raum kamen. Als ich ihn verließ, entdeckte ich, dass der Schlüssel im Schloss steckte, daher drehte ich ihn um und ließ ihn in meine Tasche gleiten. Später legte ich ihn in eine Schublade meiner Frisierkommode.

Die folgenden Wochen waren zu geschäftig und zu entkräftend, zu ungewohnt, um mich viel an das Bild denken zu lassen, obgleich ich Albträume davon hatte und es vorzog, nicht den Flur entlangzugehen, der zu dem kleinen Salon führte, sondern immer lange Umwege zu machen. Meine Schwiegermutter war in Trauer und so betrübt, dass ich viel Zeit mit ihr verbringen musste, und Lawrence war natürlich von früh bis spät damit beschäftigt, die Zügel des Besitzes zu übernehmen. Sie war eine freundliche, aber nicht sehr gesprächige Frau, und in meinen Erinnerungen an diese Zeit sehe ich mich hauptsächlich in diesem Zimmer hier sitzen oder in ihrem eigenen kleinen Boudoir, die Seiten in einem Buch umblättern, das ich nie zu Ende las, oder Zeitschriften durchschauen, während sie mit einer Häkelarbeit im Schoß dasaß, die Hände bewegungslos, und vor sich hin starrte. Und ich trug ein schreckliches und verwirrendes Geheimnis mit mir, Wissen, das ich mit niemandem teilen wollte und konnte. Ich hatte nie zuvor begriffen, dass Wissen nicht mehr zu Unwissen werden kann. Jetzt begriff ich es. Oh, und wie ich es begriff.

Ich wurde noch dünner, und Lawrence machte einige Male Bemerkungen, wie bleich oder müde ich aussehe. Eines Tages kam er zu mir und sagte, er wolle mit mir wegfahren, wenn es auch nur für eine Woche oder höchstens zehn Tage sein könnte, und wir würden mit dem Zug durch Frankreich und Italien nach Venedig reisen. Er war so begeistert von seinem Vorschlag, so besorgt darum, dass es mir gut ging und ich glücklich war. Ich hätte mich darüber freuen sollen. Wir hatten kaum Zeit allein miteinander verbracht, und ich war noch nie gereist. Aber als er mir sagte, wir würden Venedig besuchen, verspürte ich ein entsetzliches Gefühl, als drücke mir etwas die Kehle so fest zusammen, dass ich für einen Augenblick nicht atmen konnte. Doch es gab nichts, was ich zu sagen wagte, nichts, was ich tun konnte. Ich musste es schweigend ertragen.

Bevor wir abreisten, geschah noch etwas. Wir waren zu einem sehr großen Dinner im Haus eines Nachbarn aus der Grafschaft eingeladen, und als uns unsere Plätze zugewiesen wurden, sah ich hoch und entdeckte, dass mir gegenüber – genau gegenüber, sodass ich ihrem Blick nicht ausweichen konnte – Clarissa Vigo saß. Ich glaube, ich habe noch nicht erwähnt, dass sie eine bemerkenswert schöne Frau war, und sie war auch wunderschön gekleidet. Ich war nicht besonders geschickt bei der Auswahl meiner Garderobe. Ich trug einfache Kleider, wie Lawrence es bevorzugte, und stach nicht gerne hervor. Im Gegensatz zu Clarissa, und als ich ihr gegenübersaß, fühlte ich mich gleichzeitig unterlegen und furchtsam. Ihre Augen ließen mich nicht los, beobachteten mich über das Tafelsilber und die Blumen hinweg, forderten mich heraus, ihrem Blick zu begegnen. Als ich es tat, ließ er mich erzittern. Nie habe ich solchen Hass gesehen, solche Feindseligkeit. Ich versuchte, nicht darauf zu achten, mich mit meinen Tischnachbarn zu unterhalten, und beugte den Kopf über den Teller, aber sie war da, beobachtete mich, erfüllt von Abscheu und einer entsetzlichen Art von Macht. Sie wusste es. Sie wusste, dass sie Macht über mich hatte, über uns. Ich fühlte mich krank an diesem Abend, krank vor Angst.

Doch es ging vorüber. Sie sprach kein Wort mit mir. Es war vorbei.

Eine Woche später brachen wir zu unserer Reise auf.

Ich werde Sie nicht Schritt für Schritt mit uns durch Frankreich und das nördliche Italien führen. Wir waren glücklich, wir waren zusammen, und die Anstrengungen und Verpflichtungen der letzten Monate fielen von uns ab. Wir konnten uns als sorgenfreies, seit Kurzem verheiratetes Paar gebärden. Über mir hing jedoch ein dunkler Schatten, und selbst während ich glücklich war, fürchtete ich mich vor unserer Ankunft in Venedig. Ich wusste nicht, was passieren würde oder könnte. Immer wieder hielt ich mir ernsthaft vor, dass meine Befürchtungen grundlos waren und dass Clarissa Vigo keine Macht besaß, keine Macht über uns beide.

Dr. Parmitter, ich habe gelesen, dass jeder, der Venedig besucht, sich in diese Stadt verliebt, dass Venedig jeden in den Bann zieht. Vielleicht würde ich dort nicht glücklich sein, wegen des Bildes und dem, was ich gesehen hatte, aber ich war doch verblüfft, wie sehr mir die Stadt vom Augenblick unserer Ankunft an missfiel. Ich bestaunte die Häuser, die Kanäle und die Lagune. Und doch hasste ich sie. Ich fürchtete mich davor. Es schien eine Stadt der Korruption und Ausschweifung zu sein, ein künstlicher Ort, voller Dunkelheit und fauliger Gerüche. Ständig blickte ich über die Schulter. Ich sah alles als unheilvoll und bedrohlich an, und während ich das tat, erkannte ich, dass sich zwischen Lawrence und mir ein unüberbrückbarer Abgrund aufgetan hatte, denn er liebte diese Stadt, betete sie an, sagte, er sei nie glücklicher gewesen. Ich konnte ihm nur folgen und lächeln und weiterhin schweigen. Es war eine harte, bittere Woche, die Tage vergingen so langsam, und die ganze Zeit war ich voller Furcht. Ich fühlte mich in einer unsichtbaren Zelle eingeschlossen, in der ich litt und mich ängstigte und nur hilflos warten konnte. Meine Liebe zu meinem geliebten Mann hatte sich zu etwas Schrecklichem gewandelt, einer Verzweiflung, einem leidenschaftlichen, furchtsam klammernden Verlangen, zu besitzen und zu halten und nicht loszulassen. Ich wollte ihn nicht aus den Augen lassen, und wenn er bei mir war, schaute ich ihn ununterbrochen an, für den Fall, dass ich ihn vergaß. Wie seltsam das klingen muss. Aber es ist wahr. Ich war besessen von Angst und Furcht.

Wir sollten für fünf Nächte dort bleiben, und der Schlag fiel in der dritten. Ich war am Nachmittag eingeschlafen. Ich fand Venedig bedrückend, und meine Furcht erschöpfte mich. Ich musste ruhen, und während ich schlief, ging Lawrence aus. Es gefiel ihm einfach, über die Plätze zu schlendern, die Brücken zu überqueren, zu schauen, zu genießen. Als ich aufwachte, war er im Zimmer und lächelte vor Entzücken. Er hatte Freunde getroffen, sagte er, ich würde es nie glauben, außer dass man in Venedig immer alle traf, die man kannte. Sie lebten hier mehrere Monate im Jahr und besaßen einen Palazzo am Canal Grande. Morgen Abend würde es einen Mini-Karneval geben, mit einem Maskenball. Sie würden hingehen und würden andere zu dem Fest mitnehmen. Wir sollten uns ihnen anschließen. Kostümverleiher mussten aufgesucht, Kostüme und Masken ausgeliehen werden, er hatte für eine Stunde später einen Termin vereinbart.

Wie kann ich Ihnen die Furchtbarkeit jenes Ortes beschreiben? Es war ein schmaler, dunkler Laden in einer der zahllosen Gassen und führte weit nach hinten hindurch. Die Wände waren mit Kostümen, Masken und Hüten behängt, alle, wie mir gesagt wurde, seit Hunderten von Jahren in der Tradition des venezianischen Karnevals und der Maskenbälle, und keines davon hübsch oder schön oder lustig, alle düster und befremdlich. Man konnte sich als weinender Jude verkleiden, als Satyr, als Metzger, als König mit seinem Zepter oder als Mann mit einem Affen auf der Schulter; als Bauernmädchen mit einem Säugling, als Raufbold oder als Maskierter auf Stelzen; als Pantalone, Pulcinello oder als Pestarzt. Für Frauen gab es weniger Auswahl, und Lawrence wollte, dass ich Seide und Spitzen und Taft trug, dazu eine mit Juwelen verzierte Maske, doch ich zog es vor, als Bauernmädchen mit seinem Kind in einem Korb zu gehen: Ich hätte es nicht ertragen, mich vornehmer zu kleiden, war aber trotzdem verpflichtet, eine Maske an einem mit Bändern geschmückten Stab zu wählen. Lawrence lieh sich ein großes schwarzes Cape und einen Dreispitz, und seine Maske war schwarz und mit Perlmutterknöpfen bedeckt. Er trug auch lange, glänzende Stiefel. Er war begeistert, aufgeregt wie ein Kind, das zu einem Fest geht. Ich konnte es nicht ertragen, ihn so zu sehen, und mittlerweile fieberte ich vor Furcht. Meine Anfälle plötzlichen Zitterns ließen sich nicht unterdrücken, und ich sah, dass mein Gesicht totenblass war. Ich betete darum, dass die ganze Sache rasch begann und vorüberging, denn ich verspürte irgendwie die Gewissheit, dass, sobald es geendet hatte, auch meine Furcht enden würde.

Es war ein heißer Abend, und mir war schlecht von dem Gestank der übel riechenden Kanäle, deren schleimiges schwarzes Wasser mir voll mit all dem Schmutz und Abfall der Stadt zu sein schien. Da war der Geruch von Öl und vom Rauch der Fackeln, von den Straßenverkäufern, Gerüche von heißem, versengtem Fleisch und eigentümlichen Gewürzen. Im Ballsaal des Palazzos drängten sich die Menschen, es war laut, und ich fand es unheimlich und sonderbar, die Gesichter nicht sehen zu können, nicht zu wissen, ob jemand alt oder jung war oder sogar Mann oder Frau. Aber es gab gut zu essen und zu trinken, wobei man sich selbst bediente, und ich erfrischte mich an Obst und Süßspeisen und trank ein wenig Schaumwein, und dann tanzte ich mit Lawrence, und der Abend erschien mir, wenn nicht gerade erfreulich, so doch weniger beängstigend, als ich befürchtet hatte. Die Zeit verging.

Ich amüsierte mich beinahe, fühlte mich fast entspannt, als verkündet wurde, dass wir den Palazzo zu verlassen und auf die Straßen zu gehen hätten, um im Licht der Fackeln über die Plätze zu ziehen, beobachtet von den Bürgern aus ihren Fenstern und durch Passanten verstärkt – die ganze Festlichkeit würde hinausverlegt, um Teil der Stadt zu werden. Anscheinend war das so üblich. Die Leute erwarteten es. Es gab einen großen Auszug, ein plötzliches Gedränge und allgemeine Verwirrung, während deren ich von meinem Mann getrennt wurde. Ich fand mich zwischen andere Nachtschwärmer geschoben, neben einen Pulcinello und einen Priester und eine hässliche alte Hexe, als wir die große Freitreppe hinunterdrängten und nach draußen strömten. Die Fackeln flackerten. Ich kann sie jetzt noch sehen, orange und rauchend vor dem Nachthimmel. Sie können sich die Szenerie vorstellen, Dr. Parmitter. Sie haben sie oft genug gesehen. Das glitzernde Licht auf dem Wasser. Die wartenden Gondeln. Die vorwärtsdrängende Menge. Die Masken. Die blitzenden Augen. Das Licht in den anderen Häusern entlang des Canal Grande. Sie haben das alles gesehen.

Was als Nächstes geschah, kann ich selbst kaum glauben oder mich dazu bringen, es zu erzählen. Sie können es von sich weisen. Jeder geistig gesunde Mensch würde das tun. Ich würde es nicht glauben. Ich glaube es nicht. Aber ich weiß, dass es wahr ist.

Wir waren vor dem Palazzo auf dem Landungssteg. Einige aus der Menge waren bereits in die Straßen auf dieser Seite des Kanals gegangen – wir konnten das Lachen und die Schreie hören. Menschen beugten sich jetzt aus den Fenstern, schauten auf uns alle hinunter. Die Gondeln reihten sich auf, warteten darauf, uns auf den Kanal hinauszubringen, hinüber zur anderen Seite, hinauf zur Rialtobrücke ... Gelegentlich prallten sie aneinander und schaukelten, und die Spiegelung ihrer Lampen schaukelte ebenfalls heftig, Übelkeit erregend auf dem schaumigen Wasser. Ich stand einen oder zwei Meter von Lawrence entfernt, als ich plötzlich meinen Namen rufen hörte. Natürlich wandte ich den Kopf um. Das Seltsame war, dass ich reagierte, obwohl ich meinen alten Namen gehört hatte, meinen Mädchennamen. Wer hier kannte meinen ehemaligen Namen? Die Stimme war von hinter mir gekommen, doch als ich mich umschaute, sah ich niemanden, den ich kannte – nicht alle waren nach wie vor maskiert, doch jedes Gesicht war mir auf die eine oder andere Weise fremd. Und dann glaubte ich, nicht das Gesicht, sondern nur die Augen von jemandem gesehen zu haben, den ich erkannte. Die Augen von Clarissa Vigo, die mich aus einer weißen Seidenmaske mit silbernen Perlen unter einem großen Busch weißer Federn anschauten. Woher konnte ich das wissen? Ich wusste es.

Ich versuchte mich durch die Schlange auf dem Landungssteg zu schieben, um näher an sie heranzukommen, doch jemand schwankte auf mich zu, und ich musste ihm ausweichen, sonst wäre ich umgestoßen worden. Als ich erneut hinschaute, war die weiß maskierte Frau verschwunden.

Die Gondolieri riefen, das Wasser spritzte über den Holzsteg, und jemand versuchte, mich an Bord zu ziehen. Ich konnte natürlich nicht allein mitfahren, wollte es nur, wenn mein Mann auch mitkäme – und ich hätte es sowieso vorgezogen, keine dieser Gondeln zu besteigen und über dieses dunkle und unheimliche Wasser zu gleiten. Ich machte einen Schritt zurück und hielt nach Lawrence Ausschau. Ich suchte ihn dort und ging dann entlang des Weges neben den Häusern und über die schmale Brücke, die auf den Platz führte. Aber die Nachtschwärmer waren längst weitergezogen, ich konnte sie nicht mal mehr hören, und der mit Kopfstein gepflasterte Platz lag in fast völliger Dunkelheit. Ich ging den Weg zurück, und nun war meine Suche von Panik erfüllt. Lawrence war nicht auf dem Landungssteg, und ich war sicher, dass er nicht ohne mich den Kanal überquert hätte. Ich dachte, ich sollte in den Palazzo zurückkehren und dort nach ihm suchen. Ich war verängstigt. Ich hatte die Frau gesehen, ich hatte sie meinen Namen rufen hören. Ich hatte mich vor dieser Nacht, diesem Ort gefürchtet, und jetzt war mein Mund trocken vor Angst.

Aber als ich gerade zu den offenen Türen des Palazzos zurückkehren wollte, hörte ich hinter mir einen Tumult und dann einen Ruf. Es war mein Mann, der mir etwas zurief, doch ich hatte seine Stimme nie so klingen hören. Er schrie alarmiert – nein, vor Entsetzen, vor schrecklicher Angst. Ich drängte mich durch und schaffte es, den Rand des hölzernen Landungsstegs zu erreichen. Die letzte mit Nachtschwärmern beladene Gondel legte ab, und ich suchte vergeblich nach dem Anblick meines Mannes, aber da war niemand, der ihm glich oder wie er gekleidet war. Die meisten Menschen waren gegangen. Ein paar standen noch dort, anscheinend unsicher, ob eine weitere Gondel kommen würde, und unentschieden, ob sie einsteigen wollten, falls eine kam. Ich ging zurück zum Palazzo. Die großen Räume waren leer bis auf ein paar Dienstboten, welche die Reste des Festes aufräumten. Ich sprach kein Italienisch, fragte jedoch, ob sie meinen Mann gesehen hatten, und fragte immer weiter. Sie lächelten oder gestikulierten, doch sie verstanden mich nicht. Alle anderen waren gegangen. Ich fand mein Cape und ging ebenfalls. Ich rannte über die Plätze auf die Hauptpiazza, rannte wie ein verrücktes, außer Rand und Band geratenes Wesen und rief Lawrences Namen. Niemand war zu sehen. Ein Bettler lag in einer Gasse und knurrte mich an, ein Hund bellte und schnappte nach mir, als ich vorbeilief. Ich erreichte unser Hotel in völliger Auflösung und war mir doch sicher, dass es nach wie vor eine unschuldige Erklärung geben könnte, dass Lawrence dort wäre und auf mich wartete. Aber er war nicht da. Ich weckte das gesamte Hotel und war so verzweifelt, dass der Besitzer, nachdem er mir ein Glas Brandy an die Lippen gedrückt hatte, die Polizei verständigte.

Lawrence wurde nie gefunden. Ich blieb noch sechzehn Tage über unser ursprüngliches Abreisedatum hinaus in Venedig. Die Suche der Polizei hätte nicht gründlicher sein können, aber es kam nichts ans Licht. Niemand hatte ihn gesehen, niemand außer mir hatte bei diesem letzten Mal seine Stimme gehört. Niemand erinnerte sich an irgendetwas. Man kam zu dem Schluss, dass er versehentlich in den Kanal gerutscht und ertrunken war, doch seine Leiche wurde nie gefunden. Sie wurde nicht an Land gespült. Er war einfach verschwunden.

Ich kehrte nach Hause zurück. Nach Hause?

In dieses große, hohle, öde Haus? Aber ja, es war mein Zuhause.

Ich war in einem so aufgelösten Zustand, dass ich krank wurde, und ein oder zwei Wochen lang fürchteten die Ärzte um mein Leben. Ich erinnere mich an fast nichts aus dieser schrecklichen Zeit, doch manchmal, mitten in den Fieberträumen, hörte ich meinen Mann rufen, manchmal spürte ich, dass er direkt neben mir war, dass ich ihn, wenn ich die Hand ausstreckte, retten konnte. Die ganze Zeit glitt mir immer wieder etwas ins Bewusstsein, entzog sich aber meinem Zugriff, wie es geschieht, wenn einem ein bestimmter Name entfallen ist. Durch fiebrige Tage und die Stürme meiner Albträume war es da, knapp außer Reichweite, dieses Stückchen Information, dieses Wissen – nur wusste ich nicht, was es war.

Ich erholte mich langsam. Ich konnte im Sessel sitzen, dann in den Gartenraum gebracht werden, um die Nachmittagssonne zu genießen. Immer wieder fragte ich nach Neuigkeiten über Lawrence, aber es gab keine. Meine Schwiegermutter, die in nur wenigen Monaten einen doppelten Schicksalsschlag erlitten hatte, war in eine tiefe, schweigende Depression gesunken, und ich sah sie nur selten.

Und dann entdeckte ich, als ich mich kräftiger fühlte, dass ich ein Kind erwartete. Mein Mann war der Letzte seiner Linie, und der Titel wäre mit seinem Tod ausgestorben – wenn er denn wirklich tot war. Sollte ich nun einen Sohn bekommen, wären der Titel, der Besitz, das Haus abgesichert. Ich hatte einen Grund zum Leben. Das munterte auch meine Schwiegermutter auf.

Die Albträume lockerten ihren Würgegriff und wurden zu seltsamen Träumen mit nur noch gelegentlichen Horrorbildern. Aber eines Nachts wachte ich auf, weil das, was da am Rande meines Bewusstseins geschwebt hatte, mir plötzlich klar vor Augen stand. Es war kein Gedanke oder ein Name, es war ein Abbild, und als ich es erkannte, wurde mir eiskalt. Meine Hände waren so steif, dass ich die Finger kaum bewegen konnte, doch ich schaffte es, in meinen Morgenrock zu schlüpfen, den Schlüssel in meiner Frisierkommode zu finden, das Schlafzimmer zu verlassen und mich langsam durch die langen, dunklen, stillen Flure des Hauses zu bewegen. Die Porträts und die Jagddrucke schienen bedrohlich über mir aufzuragen. Die Vitrinen mit den Artefakten – es gibt unendliche Sammlungen in diesem Haus – schimmerten im Licht der kleinen Taschenlampe, die ich mitgebracht hatte, weil ich keine Lichter anschalten wollte und zudem nicht wusste, wo sich all die Schalter befanden. Seltsame Formen, Steine und ausgestopfte Vögel und Schmetterlinge und Bronzeteile, Knochenstücke, Federn, sogar winzige Schädel – in Lawrences Familie hatte es viele Reisende gegeben, Sammler und Hamsterer, alles kam hierher nach Hawdon zurück und fand seinen Platz. Ich fragte mich kurz, wie ein kleines Kind diese alten, muffigen, abscheulichen Dinge sehen würde. Je weiter ich durch diesen selten benutzten Teil des Hauses ging, desto deutlicher stand mir das Abbild vor Augen. Ich fühlte mich krank, ich fühlte mich schwach, ich war verängstigt, doch mir blieb nichts anderes übrig, als diese schreckliche Sache durchzustehen. Wenn mir das gelang, würde ich vielleicht dieses entsetzliche Abbild ein für alle Mal loswerden.

Kein Geräusch war zu hören. Meine in Hausschuhen steckenden Füße schienen kaum einen Abdruck auf dem langen Flurläufer zu hinterlassen. Ich hatte das Gefühl, beobachtet zu werden, nicht direkt verfolgt, sondern begleitet, als ob jemand den ganzen Weg lang an meiner Seite war, um dafür zu sorgen, dass ich nicht schwach wurde und umkehrte. Oh, es war ein grauenvoller Gang.

Ich erschaudere, wenn ich mich daran erinnere, wie ich es oft, so oft tue.

Ich erreichte die Tür des kleinen Salons und schloss sie auf. Es roch nach alten Möbeln und Stoffen, die zu lange nicht gelüftet worden waren. Aber ich wollte hier nicht nur mit meiner Taschenlampe sein, und als ich den Schalter fand, gingen die zwei Lampen mit ihrem dünnen Lichtschein an, und dann sah ich das Gemälde wieder. Und als ich es sah, merkte ich, dass ich in all der Muffigkeit noch etwas anderes riechen konnte, einen Hauch von etwas Scharfem und ganz Spezifischem. Ich brauchte ein paar Sekunden, bis ich erkannte, dass es Farbe war, frische Ölfarbe. Ich schaute mich überall um. Vielleicht wurde dieses Zimmer ja doch benutzt, vielleicht war einer der Dienstboten hier gewesen, um etwas zu reparieren oder zu streichen, doch ich konnte kein Anzeichen dafür erblicken. Auch lagen weder Malutensilien noch Pinsel herum.

Das Gemälde war so, wie ich es zurückgelassen hatte, mit der Vorderseite der Wand zugekehrt, und als ich es ausfindig gemacht hatte, blieb ich lange stehen, hörte mein Herz in den Ohren hämmern und zitterte vor Furcht. Aber ich wusste, dass ich niemals Ruhe finden würde, bis ich mich davon überzeugt hatte, dass ich mich in der Gewalt von Phantasievorstellungen und Albträumen befand, hervorgerufen durch die Erschütterungen, Qualen und Krankheiten, die ich erlitten hatte.

In einem einzigen, entschlossenen Augenblick ergriff ich das Gemälde, drehte es um und betrachtete es mit weit aufgerissenen Augen.

Zuerst wirkte es genauso wie zuvor. Es erinnerte mich stark an jenen grauenvollen Abend und an die Masken und Kostüme, den Lärm, die Gerüche, den Fackelschein und daran, wie ich meinen Mann in der Menge verloren hatte. Einige der Kostüme und Masken kamen mir vertraut vor, doch es waren natürlich traditionelle, wie sie seit Hunderten von Jahren in Venedig zur Schau gestellt werden.

Und dann sah ich es. Zuerst entdeckte ich in einer Ecke, beinahe verborgen in der Menge, den Kopf von jemandem, der eine weiße Seidenmaske und weiße Federn trug und die Augen von Clarissa Vigo hatte. Die Augen waren es, die mich davon überzeugten, dass ich mir nichts einbildete. Es waren dieselben starrenden, glänzenden, boshaften Augen, die mir Böses wünschten, voller Hass, aber nun auch mit einer hässlichen Schadenfreude. Sie schienen mich beide direkt anzuschauen, beinahe in mich hineinzuschauen und mich anderswohin zu lenken. Wie konnten Augen gleichzeitig auf zwei Dinge gerichtet sein, auf mich und auf …

Ich folgte ihnen. Ich sah es.

Hinten bei einer Gondel stand ein Mann mit einem schwarzen Cape und einem Dreispitz. Er befand sich zwischen zwei anderen maskierten Gestalten. Die eine hatte ihm die Hand auf den Arm gelegt, die andere schien ihn vorwärtszustoßen. Das schwarze Wasser unter der leicht schaukelnden Gondel war kabbelig. Der Kopf des Mannes war mir zugewandt. Der Ausdruck auf seinem Gesicht war ein grauenvoller Anblick – ein Ausdruck äußersten Entsetzens und verzweifelten Flehens. Er versuchte zu entkommen. Er flehte darum, gerettet zu werden. Er wollte nicht in die Gondel steigen, in den Fängen dieser anderen sein.

Es war unverkennbar ein Abbild meines Mannes, und als ich das venezianische Gemälde zuletzt gesehen hatte, *war dieses Abbild nicht da gewesen – dessen* war ich mir so sicher, wie ich mir meiner selbst sicher war. Mein Mann war zu jemandem in einem Bild geworden, das vor zweihundert Jahren gemalt worden war. Ich berührte die Leinwand mit dem Finger, aber sie war sauber und trocken. Es gab kein Anzeichen, dass in letzter Zeit etwas darauf gemalt oder verändert worden war, und ich konnte auch nicht mehr die Ölfarbe riechen, die noch Momente zuvor so stechend gewesen war.

Vor Schock und Kummer fühlte ich mich einer Ohnmacht nahe, sodass ich gezwungen war, mich in diesem schwach erleuchteten kleinen Zimmer zu setzen. Ich konnte nicht erklären, was geschehen war oder wie, aber ich wusste, dass es durch eine böse Macht verursacht worden war, und ich wusste, wer dafür die Verantwortung trug. Doch es ergab keinen Sinn. Es ergibt immer noch keinen Sinn.

Eines war mir jedoch klar und erfüllte mich mit einer gewissen Erleichterung: Lawrence war tot – wie auch immer, wo auch immer, auf welche Weise tot, ob »lebendig begraben« in diesem Gemälde oder begraben im Canal Grande, er war tot. Bis jetzt hatte ich entgegen jeder Hoffnung gehofft, ich würde eines Tages die Nachricht erhalten, dass man ihn lebend gefunden hätte. Nun wusste ich, dass diese Nachricht nie kommen würde.

An sehr viel mehr erinnere ich mich nicht. Ich muss es in mein Zimmer zurückgeschafft und geschlafen haben, aber am nächsten Tag erwachte ich wieder mit dem Abbild vor Augen, und ich ging zurück, um das Gemälde erneut zu betrachten. Nichts hatte sich verändert. In dem wenigen

Tageslicht, das durch die schweren Vorhänge und die halb vergitterten Fenster des Salons drang, sah ich das Gemälde dort, wo ich es gelassen hatte, und das Gesicht meines Mannes schaute mich an, flehte darum, dass ich ihm half.

✽

Sie schwieg lange. Ich glaube, sie war erschöpft. Wir saßen uns gegenüber, ohne zu sprechen, doch ich spürte eine Tiefe des Verständnisses, und ich wollte ihr von meinen eigenen kleinen Erfahrungen in Gegenwart des venezianischen Bildes erzählen, wie oft es mich beunruhigte.

Ich überlegte, ob ich einfach aufstehen, in mein Zimmer gehen und weitere Gespräche auf den nächsten Tag verschieben sollte, wenn sie erfrischter sein würde, doch dann öffneten sich ihre blauen Augen und sahen mich durchdringend an, während die Gräfin sagte: »Ich muss dieses Bild haben«, in einem so heftigen und verzweifelten Ton, dass ich zusammenschrak.

»Ich verstehe nicht«, erwiderte ich, »wie es aus Ihren Händen gelangte und schließlich in meine kam.«

Ihr altes Gesicht fiel zusammen, und Tränen

traten ihr in die strahlend blauen Augen, machten ihren feindseligen Blick weicher.

»Ich bin müde«, sagte sie. »Ich muss Sie bitten, bis morgen zu warten. Ich glaube nicht, dass ich die Kraft habe, Ihnen heute Abend noch mehr von dieser entsetzlichen Geschichte zu erzählen. Aber ich werde durch den Gedanken angespornt, dass es bald vorbei ist und ich endlich ruhen kann. Es war eine lange, lange Suche, eine anscheinend hoffnungslose Reise, doch nun ist sie fast zu Ende. Es kann noch ein paar Stunden warten.«

Ich war mir unsicher, was sie damit meinte, doch ich stimmte zu, dass sie so lange ruhen solle, wie sie wünschte, und dass ich ihr am nächsten Tag zu jeder gewünschten Zeit zur Verfügung stände. Sie bat mich, nach Stephens zu klingeln, der sofort erschien, um mich zu meinem Zimmer zu geleiten. Ich ergriff die Hand der Gräfin, während sie wie ein kleiner Vogel dort saß, tief in dem großen Sessel, und führte die Finger aus einem seltsamen Impuls heraus an meine Lippen. Es war, als küsse man eine Feder.

Ich schlief schlecht. Der Wind heulte, rüttelte immer wieder an den Fenstergriffen, Episoden der merkwürdigen Geschichte, welche die Gräfin mir erzählt hatte, tauchten vor mir auf, und ich versuchte vergebens, eine rationale Erklärung für das Ganze zu finden. Ich hätte die Gräfin als alt und geistesschwach abtun können, wären da nicht meine eigenen Erlebnisse mit dem Bild gewesen. Ich fühlte mich unwohl in diesem Haus, und ihre Geschichte hatte mich tief verstört. Nur zu gut kannte ich die grausame Macht der Eifersucht, die eine rachsüchtige Leidenschaft anfacht. Es geschieht nicht sehr oft, doch wenn es geschieht und die Liebe einer Person zurückgewiesen wird und all ihre Zukunftshoffnungen durch eine andere Person zerstört werden, sind Wut, Stolz und Eifersucht entsetzliche Kräfte und können unendliches Leid verursachen. Wer weiß, ob solche Kräfte nicht sogar diese bösartigen, übernatürlichen Taten begehen könnten?

Aber mein eigener Anteil daran war unschuldig. Ich hatte nichts zu befürchten von dieser sitzen gelassenen Frau, die vermutlich längst gestorben war, oder, stellte ich mir vor, von der Gräfin. Doch als ich mich während der langen Nacht herumwälzte, schien es mir, als sei ich tatsächlich von etwas Ungewöhnlichem besessen – denn in mir wuchs die absolute Entschlossenheit, das venezianische Bild zu behalten. Warum ich es jetzt so verzweifelt haben wollte, wusste ich nicht. Es war wertvoll, aber

nicht unbezahlbar. Es hatte mir einige Schwierigkeiten gebracht und Beklemmungen verursacht.
Ich brauchte es nicht. Doch genau wie damals, als
ich bei der Auktion von dem schwitzenden, atem-
losen Mann angesprochen wurde, der mir das Bild
um jeden Preis abkaufen wollte, verspürte ich erneut eine Sturheit, die mir völlig fremd war. Ich
wollte damals nicht verkaufen, und ich würde das
Bild auch jetzt der Gräfin nicht verkaufen oder
zurückgeben. Ich war fast beängstigt von meiner Entschlossenheit, die keinen Sinn ergab und
mich anscheinend mittels einer äußeren Kraft im
Griff hielt. Denn natürlich hatte mich die Gräfin
hierher eingeladen, weil sie das Bild haben wollte.
Welchen anderen Grund konnte es sonst geben?
Sie hatte ihre Geschichte nicht nur einfach einem
Fremden erzählen wollen.

Ich sah sie erst spät am nächsten Morgen wieder
und beschäftigte mich vorher damit, einen langen
Spaziergang durch die wunderschöne Parkanlage
zu machen und dann in der hervorragenden und,
wie ich glaube, selten benutzten Bibliothek zu
stöbern. Ich begegnete nur ein paar Gärtnerbur-
schen und Dienstmädchen, die das Haus sauber
machten, und Letztere huschten wie Mäuse davon, als sie meiner ansichtig wurden. Doch kurz

nach elf tauchte der leichtfüßige Stephens auf und teilte mir mit, dass mich Kaffee und die Gräfin im Morgenzimmer erwarteten.

Er führte mich dorthin. Es war ein bezauberndes Zimmer, möbliert in Frühlingsgelb und hellen Grüntönen und mit hohen, zum Garten gelegenen Fenstern, durch welche die Sonne hereinschien. Außergewöhnlich, wie ein bisschen Sonnenschein und Helligkeit die Erscheinung jedes Zimmers heben, sobald man es betritt, und auch die eigene Stimmung. Meine Müdigkeit und Schalheit nach der schlaflos verbrachten Nacht verflogen, und ich war froh, die alte Gräfin zu sehen, die immer noch klein und gebrechlich wirkte, jedoch mehr Farbe und Lebendigkeit an sich hatte als im Lichte der abendlichen Lampen.

Ich begann, Bemerkungen über den Park und so weiter zu machen, aber sie schnitt mir das Wort ab.

*

Es gibt nur noch wenig zu erzählen. Ich werde die Geschichte abschließen.

Ich gebar einen Sohn, Henry. Diese Familie hat zwischen den Vornamen der männlichen Erben immer gewechselt – Lawrence und Henry, seit vielen Generationen. Alles ging gut. Ich hielt die Tür zu dem kleinen Salon verschlossen, schloss den Schlüssel wiederum in meiner Frisierkommode ein und betrat das Zimmer nach jener ersten, grausigen Nacht nie wieder.

Meine Schwiegermutter lebte hier, und mein Sohn wuchs heran. Allmählich gewöhnte ich mich an meinen Witwenstand und daran, dieses Haus als mein Heim zu betrachten – und natürlich betete ich meinen einzigen Sohn an, der seinem Vater so ähnlich sah.

Zu seiner Volljährigkeit gaben wir ein großes Fest – mit Nachbarn, Pächtern, Angestellten. Das war Tradition. Es wäre ein fröhliches Ereignis gewesen – wenn da nicht, zusammen mit einer Gruppe aus einem anderen Haus, diese Frau aufgetaucht wäre, Clarissa Vigo. Als ich ihrer ansichtig wurde … nun, Sie können es sich vorstellen. Aber man muss sich höflich verhalten. Ich gedachte nicht, den wichtigsten Tag meines Sohnes zu verderben.

Und soweit mir bewusst war, geschah nichts Widriges. Das Fest ging weiter. Alle genossen es. Mein Sohn war ein feiner junger Mann und übernahm seine Pflichten mit Stolz.

Doch ich hatte nicht mit den Mächten des Bösen

gerechnet. Und an diesem Abend nahm Clarissa Vigo meinen Sohn. Im wahrsten Sinne. Sie nahm ihn durch die Kraft der Überredung, sie verführte ihn, wie auch immer man das Geschehen beschreiben soll. Er war für mich und alles andere hier verloren. Er stand unter ihrem Einfluss und in ihrem Bann, und er heiratete sie.

Sie hatte das eindeutig seit Jahren geplant. Innerhalb von sechs Monaten nach diesem entsetzlichen Tag war meine Schwiegermutter tot, und ich wurde von hier verbannt; man überließ mir ein kleines Bauernhaus am fernsten Ende des Besitzes und ein paar wenige Möbel. Ich besaß ein geringes Einkommen aus dem Erbe meines Mannes, das man mir nicht nehmen konnte, aber sonst hatte ich nichts. Nichts. Dieses Haus war mir verboten. Ich durfte meinen Sohn nicht sehen. Und dann begann die Plünderung – Sachen wurden entfernt, verkauft, weggeworfen oder auf andere Weise fortgeschafft, Sachen, die ihr nicht gefielen, und ohne ein Wort des Protestes von meinem Sohn. Sie hatte das alleinige Sagen. Sie hatte, was sie wollte und worauf sie so lange Jahre hingearbeitet hatte. Unter den Dingen, die sie loswerden wollte, war auch das venezianische Gemälde, und ich wusste nichts davon. Ich erfuhr es erst später. Die endgültige Tragödie geschah fünf Jahre danach. Sie und mein Sohn ritten zur Jagd, wie sie es während des Winters fast jeden Tag taten. Mein Mann hatte nie gejagt – er verabscheute die Jagd, obwohl er gestattete, dass Schädlinge auf dem Besitz geschossen wurden. Er war ein sanfter Mann gewesen, doch sie merzte jeden Anflug von Sanftheit aus, die sein Sohn besessen haben mochte. Während sie an jenem Novembertag jagten, stürzte sie beim Sprung über einen Zaun im Wald und war augenblicklich tot, aber der Sturz entwurzelte einen morschen Baum, der umfiel, einen weiteren Reiter tötete und meinen Sohn schwer verletzte. Er überlebte, Dr. Parmitter. Er überlebte, an sämtlichen Gliedern gelähmt, noch weitere sieben Jahre. Er bedauerte bitterlich, was er getan hatte, bedauerte seine Heirat, war von ihrem Bann erlöst und bat mich um Vergebung. Natürlich vergab ich ihm, ohne zu zögern, kehrte hier in dieses Haus zurück und pflegte ihn bis zu seinem Tod.

Und ich machte es mir zur Aufgabe, das Haus und alles darin so wiederherzustellen, wie es gewesen war, und jede Veränderung, die sie vorgenommen hatte, rückgängig zu machen, all die schrecklichen modernen Dinge hinauszuwerfen, mit denen sie das Haus angefüllt hatte. Ich holte die Dienstboten zurück, die sie entlassen hatte. Ich war fest entschlossen, Clarissa Vigo aus Hawdon auszulöschen und alles so weit in den ursprünglichen Zustand zurückzuversetzen, wie ich konnte.

Es gelang mir sehr gut. Mir wurde von den treuen Menschen hier geholfen, die zurückströmten, und von Freunden und Nachbarn, die so viele Gegenstände für mich auftrieben und mit der Zeit hierher zurückbrachten.

Nur von einem konnte ich keine Spur finden. Das venezianische Gemälde bedeutete mir viel, weil … weil mein Mann darin gefangen war. Mein Mann lebte – lebt, lebt – in diesem Bild.

*

»Ich habe jahrelang danach gesucht«, fuhr die Gräfin fort, »und dann wurde es für mich in einem Auktionskatalog gefunden. Ich beauftragte jemanden, an der Auktion teilzunehmen und es für mich zu kaufen, ganz gleich was es kostete. Aber wie Sie wissen, gingen die Dinge in letzter Minute schief, Sie kauften es, weil mein Beauftragter nicht rechtzeitig dort war, und wollten es hinterher nicht an ihn verkaufen. Das war Ihr gutes Recht. Doch ich war wütend, Dr. Parmitter. Ich war wütend und enttäuscht und frustriert. Ich wollte das Bild, mein Bild, und ich will es nach all diesen Jahren immer noch. Aber Sie waren verschwunden. Wir konnten den Käufer des Bildes nicht auffinden.«

»Nein. In jener Zeit handelte ich ziemlich viel mit Bildern, und ich bot und kaufte unter einem Pseudonym – das machen alle Kunsthändler. Die Auktionshäuser kennen natürlich die wahre Identität der Einzelnen, geben jedoch diese Art von Information nie preis.«

»Sie waren Mr Thomas Joiner, und Mr Joiner war nicht aufzufinden. Und so ruhte die Angelegenheit. Natürlich hoffte ich weiter, und Freunde und Beauftragte hielten weiterhin Augen und Ohren offen, aber mein Bild war zusammen mit Mr Joiner verschwunden.«

»Bis Sie zufällig mein Foto in einer Zeitschrift sahen.«

»Allerdings. Ich kann Ihnen meine Gefühle kaum beschreiben, als ich das Bild dort sah – das Gefühl eines Abschlusses, die Erkenntnis, dass mein Mann endlich, endlich in einem sehr realen Sinne zu mir nach Hause zurückkehren würde.«

Als makabrer Vergleich schoss mir durch den Kopf, dass für die Gräfin der Wunsch, das Gemälde zurückzubekommen, dem Wunsch ähnelte, eine Urne voll mit seiner kremierten Asche zu erhalten. Was auch immer geschehen war, für sie war er in dem venezianischen Bild so präsent, wie er es in einer Begräbnisurne gewesen wäre.

»Ich habe Sie mit dem größten Vergnügen hierher eingeladen«, sagte sie nun. »Und ich war der Ansicht, dass Sie jedes Recht haben, die ganze Geschichte zu erfahren und mich kennenzulernen, diesen Ort zu sehen. Ich hätte einen Vermittler einschalten können – und hoffen können, dass er erfolgreicher wäre als beim letzten Mal –, aber das war nicht die Art, in der ich diese höchst wichtige Angelegenheit zum Abschluss bringen wollte.«

»Zum Abschluss?«, wiederholte ich mit vorgetäuschter Unschuld. In mir spürte ich Entschlossenheit, absolute, unerschütterliche und stahlharte Entschlossenheit. Das sah mir nicht ähnlich. Der Mann, den du als Theo Parmitter kennst, würde höchstwahrscheinlich das venezianische Bild nicht nur zurückverkauft, sondern zurückgegeben haben, ohne Geld zu verlangen. Aber irgendetwas hatte von mir Besitz ergriffen. Ich war nicht der Mann, den du kanntest und kennst.

»Ich verlange mein Bild zurück. Sie können Ihren Preis nennen, Dr. Parmitter.«

»Aber es ist nicht zu verkaufen.«

»Natürlich ist es zu verkaufen. Nur ein Narr würde einen Verkauf ablehnen, wenn er seinen Preis nennen kann. Sie waren selbst Kunsthändler.«

»Jetzt nicht mehr. Das venezianische Gemälde und alle anderen, die ich mich zu behalten entschlossen habe, sind Bestandteil meiner Sammlung. Ich schätze sie weit mehr als Geld. Wie ich sagte, es ist nicht zu verkaufen. Ich stelle Ihnen gerne eine sehr gute Fotografie zur Verfügung. Es würde mich freuen, wenn Sie mich in Cambridge besuchen, um es sich zu jedem Ihnen passenden Zeitpunkt anzuschauen. Aber ich werde niemals verkaufen.«

Zwei helle Farbflecken erschienen auf ihren hohen Wangenknochen, und zwei noch hellere Flecken in ihren bereits stechenden blauen Augen. Sie richtete sich auf, mit durchgedrücktem Rücken, ihr Gesicht eine weiße Maske der Wut.

»Ich glaube, Sie haben mich nicht richtig verstanden«, sagte sie jetzt. »Ich werde mein Bild bekommen. Ich verlange, dass es zu mir zurückkehrt.«

»Dann tut es mir leid.«

»Sie brauchen es nicht. Es bedeutet Ihnen nichts. Oder nur in dem Sinne, dass es Sie als Dekoration an Ihrer Wand erfreut.«

»Nein, es bedeutet mir mehr als das. Sie dürfen

nicht vergessen, dass ich es bereits seit einigen Jahren besitze.«

»Das ist ohne Bedeutung.«

»Für mich wohl.«

Ein langes Schweigen trat ein, während dessen sie mich unnachgiebig anstarrte. Ihr Ausdruck war ziemlich furchterregend. Sie war mir sowieso nicht wie eine warmherzige Frau vorgekommen, obwohl sie von ihrem Leid und ihren Gefühlen gesprochen und ich Mitgefühl mit ihr gehabt hatte. Aber da war jetzt eine kalte Unbarmherzigkeit, eine leidenschaftliche Zielstrebigkeit an ihr, die mich beunruhigte.

»Wenn Sie mir das Bild nicht überlassen, werden Sie Ihre Entscheidung bedauern, sie mehr bedauern, als Sie irgendetwas je bedauert haben.«

»Oh, es gibt wenig in meinem Leben, was ich bedaure, Gräfin.« Ich verlieh meiner Stimme eine Leichtigkeit und Gutlaunigkeit, die ich ganz gewiss nicht empfand.

»Das Bild ist bei mir besser aufgehoben. Hier wird es ganz harmlos sein.«

»Wie um alles in der Welt könnte es irgendetwas anderes sein?«

»Sie haben meine Geschichte gehört.«

Ich erhob mich. »Ich bedaure es, dass ich heute

abreisen muss, Gräfin, und Sie verlassen muss, ohne Ihrer Bitte nachzukommen. Ich fand Ihre Geschichte interessant und eigentümlich, und ich bin Ihnen dankbar für Ihre Gastfreundschaft. Ich hoffe, Sie verbringen Ihre restlichen Tage an diesem wunderschönen Ort mit dem Seelenfrieden, den Sie nach Ihren Qualen verdienen.«

»Ich werden niemals Seelenfrieden finden, niemals ruhen, niemals zufrieden sein, bis mir das Bild zurückgegeben wird.«

Ich wandte mich ab. Aber als ich zur Tür ging, sagte die Gräfin leise: »Und Sie auch nicht, Dr. Parmitter. Sie auch nicht.«

7

Bestimmt fühlst du dich besser, jetzt, wo du mir das alles erzählt hast«, sagte ich zu Theo. Er hatte den Kopf zurückgelegt, die Augen geschlossen, und nachdem er zum Ende der Geschichte gekommen war, hatte er sein Whiskyglas ausgetrunken und abgestellt.

Es war spät. Er sah plötzlich viel älter aus, fand ich, doch als er die Augen wieder öffnete und mich anschaute, war da etwas Neues in ihnen, ein Ausdruck der Erleichterung. Er wirkte sehr ruhig.

»Vielen Dank, Oliver. Ich bin dir dankbar. Du hast mir mehr Gutes getan, als du ahnen kannst.«

Ich verließ ihn mit leichtem Herzen und ging ein- oder zweimal um den College-Hof herum. Aber heute Abend war alles still und ruhig, es gab keine Schatten, kein Flüstern, keine Schritte, keine Gesichter an erleuchteten Fenstern. Keine Furcht. Ich schlief sofort und tief ein, und ich erinnere mich, als ich in die weichen Kissen des Vergessens sank, darum gebetet zu haben, dass es Theo ebenso ging. Ich hielt es für sehr wahrscheinlich.

In den frühen Morgenstunden wachte ich auf. Es war stockdunkel und still, doch als ich zu mir kam, hörte ich die Kapellenuhr drei schlagen. Ich schwitzte, und mein Herz raste. Ich hatte keine Albträume gehabt – überhaupt keine Träume –, befand mich jedoch in einem Zustand äußerster Furcht. Es gelang mir kaum, tief durchzuatmen, um mich zu beruhigen. Ich stand auf und trank Wasser, legte mich wieder hin, wurde aber sofort von dem Bedürfnis ergriffen, hinunterzugehen und nach Theo zu schauen. Die Botschaft in meinem Kopf ließ sich nicht ignorieren oder verbannen. Ich hielt meinen Kopf unter kaltes Wasser und rieb ihn kräftig trocken, um mich in den Griff zu bekommen und vernünftig denken zu können, doch es nützte nichts. Ich war voller Angst, nicht um mich, sondern um Theo. Die Geschichte, die er mir erzählt hatte, stand mir lebhaft vor Augen, und obgleich es ihn eindeutig ungemein erleichtert hatte, sich von dieser Last zu befreien, spürte ich auf entsetzliche Weise, dass es nicht beendet war, dass es weitere seltsame, düstere Vorkommnisse geben würde, die keinen Sinn ergaben, nicht sein konnten und doch geschahen.

Ich kam nicht zur Ruhe. Ich ging die dunkle Treppe hinunter und hinüber zu Theos Räumen. Alles war ruhig. Ich legte den Kopf an die Tür und lauschte eindringlich, vernahm jedoch kein Geräusch. Ich wartete, überlegte, ob ich anklopfen sollte, aber es war bitterkalt, und ich trug nur einen dünnen Morgenrock. Ich wandte mich ab, und als ich es tat, ging mir auf, dass Theo seine Tür möglicherweise nicht abgeschlossen hatte. Er war alt, konnte sich kaum bewegen und wurde vom College versorgt. Ich wusste nicht, wie er Hilfe herbeiholen würde, wenn er krank war und das Telefon nicht erreichen konnte.

Ich griff nach dem Türknauf. Als ich ihn berührte, erklang von drinnen ein rauer und entsetzlicher Schrei, gefolgt von einem einzelnen lauten Krachen.

Ich drehte den Knauf und merkte, dass die Tür tatsächlich unverschlossen war. Ich schob sie auf und schaltete drinnen das Licht an.

Theo lag in seiner Nachtkleidung auf dem Rücken im Eingang zum Wohnzimmer. Sein Gesicht war leicht nach links verdreht, sein Mund offen, als wolle er etwas sagen. Seine Augen waren weit aufgerissen und starrend, und sie hatten einen Ausdruck, den ich bis zu meinem Todestag nicht vergessen werde, einen Ausdruck von solchem Grausen, solchem Entsetzen, solcher erschreckenden Erkenntnis und Einsicht, dass der Anblick furchtbar war. Ich kniete mich nieder und berührte ihn. Da war kein Atem, kein Puls. Er war tot. Im ersten Moment nahm ich an, dass das Krachen, welches ich gehört hatte, von seinem Fall stammte, doch dann sah ich das venezianische Bild nur wenige Meter weit von ihm entfernt am Boden liegen. Der Draht, von dem ich wusste, dass er am Abend zuvor das Gemälde sicher gehalten hatte, war intakt, der Haken an der Wand dort, wo er sein sollte. Nichts war zerrissen oder zerbrochen und hatte das Bild krachend zu Boden geschickt, und Theo war nicht dagegengestoßen, er hatte es vor seinem Fall gar nicht erreicht.

Zwei Dinge, das wusste ich, mussten jetzt getan werden. Zum einen musste ich in der Pförtnerloge anrufen, das College wecken und den üblichen Ablauf in Gang setzen. Aber bevor ich das tat, hatte ich noch etwas anderes zu erledigen. Ich fürchtete mich davor, doch ich würde nie wieder Ruhe finden, bis ich es hinter mich gebracht hatte, und außerdem hatte ich das Gefühl, meinem alten Tutor diesen letzten Gefallen schuldig zu sein. Ich musste es herausfinden. Ich hob das Bild auf und trug es ins Arbeitszimmer, wo ich es an das Bücherregal lehnte und die Lampe direkt darauf richtete.

Ich atmete tief durch und betrachtete das Bild, wusste, was ich darauf finden würde.

Aber ich fand es nicht. Ich suchte jeden Zentimeter der Leinwand ab. Ich schaute in jedes Gesicht, in die Menge, in die Gondeln, in die Fenster der Häuser, in Ecken, in die kaum erkennbaren Gassen. Da war kein Theo. Kein Gesicht ähnelte ihm auch nur entfernt. Ich sah den jungen Mann, den ich für den jungen Ehemann der Gräfin hielt, und die Gestalt mit der weißen Seidenmaske und dem Schopf weißer Federn im Haar, von der ich annahm, dass es Clarissa Vigo war. Aber von Theo war zum Glück und Gott sei Dank kein Abbild zu finden. Mir wurde klar, dass er aller Wahrscheinlichkeit nach wach geworden war, sich unwohl gefühlt hatte, aufgestanden war und den tödlichen Schlaganfall oder Herzschlag erlitten hatte. Durch den Sturz hatte er den Boden und die Wände erschüttert – er war ein schwerer Mann –, und das Bild war ins Wanken gekommen und ebenfalls herabgefallen.

Wieder brach mir der Schweiß aus, aber diesmal vor Erleichterung, und ich nahm das Telefon auf Theos Schreibtisch ab und rief den Nachtpförtner an.

Es folgten ein paar tieftraurige Tage, und ich vermisste Theo sehr. Bei seiner Beerdigung war die Kapelle des College überfüllt, die Trauerrede war eine der besten, die ich je gehört habe, und danach sprachen alle mit großer Verehrung von ihm. Ich war immer noch erschüttert, meine Gedanken voll von den letzten Stunden mit ihm. Von Zeit zu Zeit kam mir eines in den Sinn, was mich beunruhigte. Ich hatte mich davon überzeugt und war mir ziemlich sicher, dass Theos Tod nicht mit der Geschichte in Zusammenhang stand, die er mir erzählt hatte, mit dem venezianischen Gemälde oder auch nur mit irgendetwas Schockierendem oder Unerklärlichem. Und doch konnte ich den Ausdruck des Entsetzens auf seinem toten Gesicht nicht vergessen, die mit Schrecken erfüllten Augen, die Art, wie sein Arm ausgestreckt war. Das Bild war herabgefallen, und obwohl es eine vollkommen vernünftige Erklärung dafür gab, beunruhigte es mich.

Ich verließ Cambridge schweren Herzens. Nie

wieder würde ich in diesen gemütlichen Räumen sitzen, mich beim Feuer und einem Whisky mit ihm unterhalten, seine profunden Ansichten über so viele Themen hören, seine humorvollen Nebenbemerkungen und seine scharfen, aber niemals grausamen Kommentare über seine Kollegen.

Doch ich konnte nicht allzu lange traurig oder besorgt bleiben. Ich musste an die Arbeit zurückkehren, und noch mehr zu Anne. Gleich nach meiner Ankunft hatte ich Theo erzählt, dass ich mit Anne Fernleigh verlobt war – keine Wissenschaftskollegin aus der Forschung über das englische Mittelalter, sondern eine Anwältin –, schön, kultiviert, fröhlich, ein paar Jahre jünger als ich. Die perfekte Ehefrau. Theo hatte mich beglückwünscht und darum gebeten, sie bald kennenlernen zu dürfen. Ich hatte es ihm versprochen. Und nun war es nicht mehr möglich. Das bedrückte mich. Natürlich möchte man, dass sich zwei Menschen, die man mag, kennenlernen und sich wiederum auch gegenseitig mögen.

Ich hatte ihr natürlich von Theos Tod erzählt – der Grund, warum ich länger als geplant dortgeblieben war –, und nun, als wir nach einem guten Essen in ihrer Wohnung saßen, erzählte ich ihr auch die Geschichte von dem venezianischen Bild und von der alten Gräfin. Sie hörte aufmerksam zu, lächelte jedoch am Ende und sagte: »Es tut mir leid, dass ich deinen alten Tutor nicht mehr kennenlernen werde, denn ich habe das Gefühl, dass ich ihn gemocht hätte, aber ich kann nicht behaupten, dass es mir leidtut, das Gemälde nie zu sehen. Es klingt grausig.«

»Eigentlich ist es ein recht gutes.«

»Nicht das Kunstwerk – da magst du sicher recht haben. Die Geschichte. Die ganze Angelegenheit mit …«, sie erschauderte.

»Das ist nur eine Geschichte. Eine gute, aber bloß eine Geschichte. Die braucht dich nicht zu beunruhigen.«

»Sie beunruhigte *ihn*.«

»O nein, nicht allzu sehr. Es war eine Geschichte, die er mir an einem kalten Abend bei einem Whisky und einem prasselnden Feuer erzählen wollte. Vergiss sie. Wir haben Wichtigeres zu besprechen. Ich wollte dich etwas fragen.«

Seit den Tagen bei Theo und seinem plötzlichen Tod hatte ich an diese eine Sache gedacht. Ich weiß nicht, warum, aber es erschien mir sehr wichtig, dass wir, statt einer Hochzeit im folgenden Sommer, alles in Ruhe geplant und mit großem Aufwand, jetzt heiraten sollten, auf der Stelle.

»Ich weiß, das würde bedeuten, in aller Stille zu heiraten, ohne das ganze Tamtam, und vielleicht bist du dann enttäuscht. Doch ich möchte nicht, dass wir noch länger warten. Theos Tod hat mir klargemacht, dass wir das Leben ergreifen sollten – und er war ein einsamer Mann, weißt du? Keine Familie bis auf das College in Cambridge. Oh, er war durchaus zufrieden, aber er war einsam, und ein College voller Fremder, wie wohlgesinnt auch immer, ersetzt keine Ehefrau und Kinder.«

Doch zu meiner Überraschung sagte Anne, es mache ihr nichts aus, alle Pläne für eine aufwendige Hochzeit aufzugeben und in aller Stille zu heiraten, nur im Kreise unserer Familien und engsten Freunde, sobald es sich einrichten ließ.

»Es geht nicht um das Geld, das man ausgibt, und das Theater, das man macht – bei einer Hochzeit geht es um andere Dinge, die viel ernster und dauerhafter sind. Denk an die arme alte Gräfin – denk an diese bösartige andere Frau. Wir sind vom Glück begünstigt. Das sollten wir nie vergessen.«

Ich würde und werde es nie vergessen. Ich hätte nicht glücklicher sein können, und ich hatte das gute Gefühl, dass Theo zugestimmt und es gutgeheißen hätte. Ich spürte seinen Segen auf uns und seine gütige Präsenz über uns schweben, während wir unsere Vorbereitungen trafen.

Zögern verspürte ich nur, als Anne darauf bestand, dass wir, obgleich die Arbeit es uns nicht erlaubte, die geplanten langen Flitterwochen in Kenia zu machen, wenigstens über ein langes Wochenende verreisen sollten, und darum bat, es in Venedig zu verbringen.

»Mit vierzehn war ich einmal dort«, sagte sie, »und ich spürte, dass es etwas Magisches hat, war aber zu jung, um zu verstehen, was es war – ich glaube, man kann zu jung für Venedig sein.«

»Nun, in dem Fall sollten wir es vielleicht für einen längeren Besuch aufsparen«, erwiderte ich, »und nach Südfrankreich fahren.«

»Nein, dort wird es noch nicht warm genug sein. Venedig. Bitte!«

Ich schüttelte meine Vorahnungen ab und buchte die Reise. Aberglaube und Geschichten sollten ihren langen Schatten nicht über die ersten Tage unserer Ehe werfen, und ich merkte, dass ich mich sehr darauf freute, die Stadt erneut zu besuchen. Venedig ist wunderschön. Venedig ist zauberhaft. Venedig ist wie kein anderer Ort, in der realen Welt oder der Welt der Phantasie. Ich erinnerte mich

an meinen ersten Besuch, als ich als junger Mann
ein paar Monate gereist war und aus dem Bahnhof
zu diesem erstaunlichen Anblick hinausgetreten
war – Straßen, die aus Wasser bestanden. Die erste
Fahrt mit dem Vaporetto den Canal Grande hinunter, der erste Blick auf San Giorgio Maggiore,
die aus dem Dunst auftauchte, der erste Anblick
der wie in einer geisterhaften Wolke über dem
Markusplatz aufflatternden Tauben und all jener
in Gold getunkten Türmchen und Kirchturmspit-
zen, die in der Sonne glitzerten. Spaziergänge über
die Plätze, auf denen man nur das Geräusch der
vielen Schritte auf dem Steinpflaster hört, weil es
keine motorisierten Fahrzeuge gibt, Stunden, verbracht an Caféhaustischen auf der ruhigen Giu-
decca, die Rufe der Fischverkäufer am frühen
Morgen, der anmutige Bogen der Rialtobrücke,
die Gesichter der Einheimischen, alte und junge
Männer und Frauen mit diesen unvergesslichen,
uralten venezianischen Zügen – die vorspringende
Nase, der hochmütige Ausdruck, das rote Haar.
  Je mehr ich in den Tagen vor der Hochzeit an die
Stadt dachte, desto schneller schlug mein Puls in
Vorfreude darauf, sie wiederzusehen, und diesmal
mit Anne. Venedig füllte meine Träume und war
da, wenn ich aufwachte. Ich suchte Bücher dar-

über heraus – die Romane von Henry James und Edith Wharton, welche die Stimmung so lebendig einfingen. Ein- oder zweimal dachte ich an Theos Bild und seine seltsame Geschichte, doch nun war ich nur fasziniert und überlegte, woher die Geschichte stammte und vor wie langer Zeit sie entstanden war. Nach unserer Rückkehr wollte ich über Hawdon und die Familie der Gräfin nachforschen. Vielleicht könnten wir später im Jahr ein paar Tage nach Yorkshire fahren. Die echte Umgebung von Geschichten ist immer faszinierend.

Anne und ich heirateten zwei Wochen später, an einem Tag mit strahlendem, warmem Sonnenschein – sicherlich ein gutes Omen für unser Glück. Wir nahmen mit unseren Familien und zwei Freunden ein festliches Mittagsmahl ein – ich wünschte, Theo hätte dabei sein können –, und am späten Nachmittag waren wir auf dem Weg zu unseren Flitterwochen in Venedig.

8

Um mich zu beschäftigen, während ich hier warte, schreibe ich das auf, was, wie ich allmählich befürchte, das Ende dieser Geschichte sein wird, und mit solchem Kummer und Leid, solcher Verwirrung und Furcht, dass ich kaum den Stift halten kann. Ich schreibe, um etwas, irgend-etwas in diesen langen und furchtbaren Stunden zu tun zu haben, wo alle Hoffnung verloren ist und ich trotzdem noch hoffen muss, denn wenn die Hoffnung verlischt, bleibt nichts mehr übrig.

Ich sitze in unserem Hotelzimmer. Die Türen zum Balkon in dieser stillen Ecke der Stadt stehen weit offen. Gerade eben, durch die Dunkelheit, aus einem der Häuser gegenüber dem Hotel, hörte ich einen Mann Arien von Puccini und Mozart singen. Katzen jaulen plötzlich. Ich schreibe und verstehe nicht, was ich schreibe oder warum, aber man sagt, dass Furcht, wie ein Albtraum, durch das Nieder-schreiben ausgetrieben wird. Das Schreiben sollte mich beruhigen, während ich warte. Wenn ich damit aufhöre, gehe ich unruhig im Zimmer auf und ab, bevor ich an diesen kleinen Tisch vor dem Fenster zurückkehre. Das Telefon steht rechts neben mir. Jeden Augenblick, im nächsten Moment, wird es klingeln und mir die Nachricht übermitteln, die ich so verzweifelt hören will.

Wie soll ich beschreiben, was geschehen ist, wenn ich es kaum weiß? Wie etwas erklären, für das es keine Erklärung gibt? Lieber würde ich mich dem Schmerz hingeben, den ich empfinde.

Aber ich muss, ich muss es tun. Ich kann die Geschichte nicht unvollendet lassen, sonst werde ich verrückt. Denn jetzt ist es meine Geschichte, meine und Annes, wir sind irgendwie Teil dieses entsetzlichen Albtraums geworden.

Wir waren kaum vierundzwanzig Stunden in der Stadt, als Anne entdeckte, dass es, wie so oft, ein Fest zu Ehren eines der Hunderte Heiliger von Venedig geben würde, mit einem Umzug, Feuerwerk und Tanz auf dem Platz.

Ich war einverstanden, dass wir es uns anschauten, beharrte jedoch eisern darauf, falls dafür Verkleidung oder traditionelles Tragen von Masken erforderlich sei, würden wir uns dem nicht anschließen. Ich glaubte nicht an Theos Geschichte, und doch hatte sie mich – zusammen mit den seltsamen Dingen, die mir in Cambridge passiert waren, und seinem darauf folgenden Tod – ängstlich gemacht, ängstlich und misstrauisch. Das war irrational, aber ich spürte, dass ich auf der Seite des Glücks bleiben musste, das Schicksal nicht herausfordern durfte.

Die ersten beiden Stunden des Festes waren fröhlich und ausgelassen. Die Straßen waren voller Menschen auf ihrem Weg, sich dem Umzug anzuschließen, in den Läden wurde besonderes Backwerk verkauft, dessen Duft in der Nachtluft hing. An jeder Ecke gab es Trommler und Tänzer und Flötenspieler, und von vielen Balkonen hingen Fahnen und Girlanden. Ich versuche mich zu erinnern, wie es sich anfühlte, leichtherzig zu sein, voller Glück, mit Anne noch vor so wenigen Stunden durch die Stadt zu wandern.

Der Markusplatz war überfüllt, und Musik kam von allen Seiten. Wir gingen die Riva degli Schiavoni hinauf und hinunter, bewegten uns langsam mit der langen Prozession, und als wir zurückkehrten, hatte das Feuerwerk über dem Wasser begonnen, erhellte den Himmel und die uralten Gebäude und den Kanal selbst abwechselnd in Grün und Blau, Rot und Gold. Kaskaden von Kristall und Silber und Goldstaub schossen in die

Luft hinauf, die Raketen zischten. Es war spektakulär. Ich war überglücklich, dabei zu sein.

Wir gingen am Kanal entlang, bogen in Gassen und überquerten Plätze, bis wir wieder zwischen hohen Gebäuden an einer Stelle herauskamen, die der Brücke gegenüberlag.

Die Mole war voller Menschen. Alle, die bei dem Umzug mitgemacht hatten, müssen dort gewesen sein, und wir wurden von Leuten geschubst und angerempelt, die nach vorne an den Kanal drängten, wo Gondeln aufgereiht waren, um Fahrgäste zu den Festivitäten am anderen Ufer zu bringen. Das Feuerwerk explodierte nach wie vor rundherum, und alle paar Minuten stieg ein Rufen oder bewunderndes Seufzen aus der Menge auf. Und dann bemerkte ich, dass einige Karnevalskostüme trugen: Die uralten venezianischen Figuren der alten Frau, des Wahrsagers, des Pestarztes, des Barbiers, des Mannes mit dem Affen, Pulcinello und der Tod mit seiner Sense mischten sich unter uns, ihre Gesichter verborgen unter tief herabgezogenen Hüten und Masken und Schminke, Augen, die hier und dort aufblitzten. Plötzlich überkam mich Panik. Ich hatte nicht hier sein wollen.

Ich wollte fort, dringend, wollte zurück zu unserem ruhigen Platz und in der milden Abendluft mit einem Drink vor dem Café sitzen. Ich drehte mich zu Anne um.

Aber sie war nicht an meiner Seite. Irgendwie war sie von der sich ständig verändernden Menge vor mir verborgen worden. Ich drängte mich hastig zwischen den Leibern hindurch und rief ihren Namen. Ich drehte mich um, wollte sehen, ob sie hinter mir war. Und als ich mich umdrehte, gefror mir das Blut in den Adern. Mein Herz schien auszusetzen. Mein Mund war trocken, meine Zunge geschwollen, und ich konnte Annes Namen nicht rufen.

Ein oder zwei Meter von mir entfernt entdeckte ich eine Gestalt in einer weißen Seidenmaske, besetzt mit Pailletten, und einem weißen Federbusch auf dem dunklen Haar. Ich fing den Blick ihrer Augen auf, dunkel und riesig und voller Hass.

Ich kämpfte mich nach links durch, zu der Gasse, fort vom Wasser, fort von den schaukelnden und schwankenden Gondeln, fort von den Masken und den Gestalten und den strahlenden Lichtern des Feuerwerks, das weiterhin explodierte und in Kaskaden auf das dunkle Wasser niedersank. Ich verlor die Frau aus den Augen, und als ich wieder hinschaute, war sie verschwunden.

Dann rannte ich, rannte und rannte, rief Annes

Namen, rief um Hilfe, schrie am Ende, während ich alle Ecken und Winkel von Venedig nach meiner Frau absuchte.

Ich kehrte ins Hotel zurück. Ich alarmierte die Polizei. Ich war gezwungen zu warten, um den Beamten Annes Beschreibung zu geben. Sie sagten, dass Venedigbesucher täglich verloren gingen, vor allem in einer Menschenmenge, und dass sie bis Tagesanbruch wenig Hoffnung hätten, sie zu finden, aber dass sie höchstwahrscheinlich aus eigenen Stücken zurückkehren würde oder sich ein Einheimischer um sie kümmerte, dass sie vielleicht gestürzt oder krank geworden sei.

Sie blieben gleichmütig. Sie versuchten mich zu beruhigen. Sie gingen und rieten mir, hier auf Anne zu warten.

Aber ich kann nicht warten.

Ich muss diese verfluchte Geschichte zurücklassen und wieder hinausgehen, sonst werde ich verrückt, bis ich sie finde. Denn ich habe die Frau gesehen, die Frau mit der weißen Seidenmaske und den weißen Federn im Haar, die Frau in der Geschichte, die Frau, die verzweifelt auf Rache aus ist. Warum sie Anne etwas antun wollte, kann ich nicht ermessen, aber sie ist eine Zerstörerin des Glücks, eine, die nicht mal der Tod von dem

Verlangen abhalten kann, zu verfolgen und zu verletzen.

Ich werde tun, was auch immer erforderlich ist – und vielleicht bin ich der einzige Mensch, der es kann –, um dem allen ein Ende zu bereiten.

9

Es bleibt mir, Anne, überlassen, diese Geschichte zu beenden. Wird es ein Ende geben? Oh, es muss, es muss. Etwas so Böses kann doch sicherlich seine Macht nicht für immer behalten?

In der Menge auf dem Landungssteg neben dem Wasser wurde ich zuerst von einigen Leuten geschubst und angerempelt, die nach vorne drängten – ja, ich fürchtete sogar um ein Kind am Rande des Kanals und zog es zurück, damit es nicht hineinfiel. Dabei verlor ich beinahe selbst das Gleichgewicht, spürte aber eine Hand an meinem Arm, die mich aufrichtete. Unangenehm war nur, dass die Hand so fest, fast schmerzhaft zupackte, und ich musste mich regelrecht von ihr losreißen. Ich erhaschte einen Blick auf jemanden, der mich so feindselig anstarrte, dass ich erschauderte, und sah, dass die Hand wieder nach mir griff. Aber dann wurde ich von der Menge mitgeschwemmt, die in die entgegengesetzte Richtung strömte, fort von den Menschen am Wasser, und ich ließ mich mitziehen, einen schmalen Gang zwischen hohen Häusern hindurch und auf eine der kleinen Brücken über einen Seitenkanal.

Dann formierte sich die Prozession, die ich für aufgelöst gehalten hatte, erneut, eine Musikkapelle begann zu spielen, und wir marschierten alle zur Musik, auf die Rialtobrücke zu und hinüber und weiter und weiter, und die fröhliche Stimmung sprang auf mich über, ich lachte und klatschte und blickte gelegentlich zum Feuerwerk zurück, das immer noch am Nachthimmel explodierte. Es war beflügelnd, es machte Spaß. Ich merkte nicht, wohin wir gingen, war aber ganz glücklich, davon überzeugt, dass ich mich nach kurzer Zeit von den anderen entfernen und zurückgehen würde.

Doch aus irgendeinem Grund tat ich es nicht, und dann waren wir weit weg, die Kapelle spielte immer noch, Kinder schlugen auf ihre Spielzeugtrommeln, wir wanden uns durch Straßen, über Brücken, auf Plätze. Das Venedig, das ich kannte, lag weit hinter mir. Und dann rutschte ich auf einer unebenen Stelle des Pflasters aus, stürzte und verlagerte zum Abfangen das Gewicht auf meinen Arm. Ich hörte ein Knacken, spürte Schmerz und schrie auf. Jemand blieb stehen. Jemand anders rief. Menschen beugten sich über mich. Sie umringten mich, halfen mir, schimpften, und alle brabbelten in schnellem Italienisch, das ich nicht verstehen konnte. Plötzlich wurde mir speiübel, und der Himmel drehte sich und fiel mir dann auf den Kopf.

Viel mehr gibt es nicht zu erzählen. Ich wurde in ein Haus in der Nähe gebracht, und ein Arzt wurde geholt. Ich hatte mir, wie er feststellte, den Arm nicht gebrochen, aber schwer verrenkt und mir die Hand aufgeschnitten, und man kümmerte sich sehr freundlich um mich. Ich wurde verbunden, bekam eine Spritze gegen Entzündungen, schluckte Schmerzmittel. Inzwischen war es zwei Uhr morgens, und ich schrieb denjenigen, die sich um mich kümmerten, meinen Namen und die Telefonnummer des Hotels auf. Aber mir wurde wieder schwindelig, und der Arzt bestand darauf, dass ich mich hinlegen und schlafen sollte, dass alles erledigt werden würde. Ich würde am nächsten Morgen transportiert werden.

Ich schlief tatsächlich. Die Schmerzen in meinem Arm und der Hand weckten mich erst nach einigen Stunden, und mittlerweile fühlte ich mich besser und war in der Lage, ein wenig guten, starken Kaffee zu trinken und ein weiches Brötchen mit Butter zu essen.

Was als Nächstes geschah, brachte mich zum Lachen. Ich frage mich, wann ich wohl wieder lachen werde.

Ich wurde in einen Rollstuhl gesetzt, welcher der Großmutter der Familie gehörte, und im Sonnenschein durch die morgendlichen Straßen von Venedig gerollt, mit dem verbundenen Arm auf dem Schoß, zurück zu unserem Hotel und meinem Mann. Nur war Oliver nicht da. Er hatte sich erneut nach mir auf die Suche gemacht, sagten sie, sei in den frühen Morgenstunden verstört an dem Nachtportier vorbeigeschlüpft. Zuerst wollte niemand ihn gesehen haben, aber später an diesem Tag berichtete mir die Polizei, die von der Suche nach mir auf die Suche nach ihm umgeschwenkt war – leicht gereizt wegen der zu Unfällen neigenden Touristen –, dass ein Gondoliere, früh auf, um sein Boot zu waschen, jemanden gesehen hätte, der Olivers Beschreibung entsprach. Doch zuerst nahm ich das nicht ernst, sagte, Oliver hätte es nicht sein können. Der Gondoliere hatte berichtet, dass der Gesuchte zwischen zwei Männern ging, die ihre Hände auf seinen Armen hatten und ihn anscheinend drängten, eine Gondel zu besteigen, weiter vorne an der Mole, gegen seinen Willen. Oliver, sagte ich, wäre allein gewesen.

Die Polizei nahm es ernster, konnte aber keinen Grund erkennen, warum Oliver, falls er derjenige mit den beiden Männern war, gegen seinen Willen fortgebracht wurde. Er sah nicht reich aus, unser Hotel war nicht das vornehmste, seine Geldbörse lag immer noch im Zimmer, und die Uhr, die er stets bei sich trug, war aus minderwertigem Gold und ohne großen Wert.

Ich kaufte ihnen die Theorien von Entführung, Lösegeld oder der Mafia nicht ab. Die italienische Polizei war von allen dreien besessen, doch ich wusste, dass sie weit danebenlag.

Ich wusste. Ich weiß.

Ich las die Geschichte, die Oliver zurückgelassen hatte. Ich las alles zweimal, langsam und sorgfältig, kroch darüber, wenn man so will, suchte nach einer Botschaft, einer Erklärung.

Ich kehrte allein nach London zurück.

Das war vor vierzehn Tagen. Nichts geschah. Ich erhielt keine Nachricht. In den ersten paar Tagen hatte mich die Polizei von Venedig angerufen. Der Inspektor sprach gut Englisch.

»Signora, wir haben unsere Meinung geändert.

Dieser Mann, den der Gondoliere mit den anderen sah ... wir glauben, dass es vermutlich doch nicht Ihr Mann war. Unsere Theorie besagt jetzt, dass er ausgerutscht und in den Canal Grande gefallen ist. Er war im Dunkeln unterwegs, der Boden dort ist oft feucht.«

»Aber dann hätten Sie doch seine Leiche gefunden?«

»Noch nicht, sie wurde noch nicht gefunden. Aber ja, die Leiche wird früher oder später angeschwemmt werden, und wir rufen Sie dann sofort an.«

»Werde ich hinkommen und ihn identifizieren müssen?«

»Si. Es tut mir sehr leid, aber ja, es ist notwendig.«

Ich dankte ihm, und dann weinte ich. Ich weinte stundenlang, wie mir schien, bis mein Körper schmerzte und meine Kehle wehtat und ich keine Tränen mehr hatte. Und ich fürchtete mich davor, nach Venedig zurückkehren zu müssen, um Olivers toten – ertrunkenen – Körper zu identifizieren, wenn die Zeit gekommen war. Ich hatte gehört, wie Wasserleichen aussehen.

Ich beschloss, zur Arbeit zurückzukehren, wenn auch nur in der Kanzlei. Ich brauchte etwas, um mich abzulenken, und es war eine Erleichterung, stundenlang komplexe, trockene, juristische Terminologie zu lesen. Wenn meine Gedanken nach Venedig zurückkehrten, zu dem schwarzen, schmierigen Wasser des Canal Grande, dem nächsten Flug, den ich dorthin nehmen würde, ging ich hinaus und lief meilenweit durch London, um mich zu ermüden.

Vor zwei Tagen ging ich vom Lincoln's Inn zurück zu unserer Wohnung. Mein Arm schmerzte immer noch ein wenig, und ich dachte daran, ein paar starke Schmerztabletten zu nehmen und zu versuchen zu schlafen. Das Telefon war auf mein Büro umgestellt, damit mir, wenn ich nicht zu Hause war, kein Anruf der Polizei entging.

Der Portier in unserem Villenkomplex sagte mir, er habe ein Paket für mich in Empfang genommen und es oben vor die Tür gestellt. Ich erwartete nichts und sah mit einiger Bedrückung, dass der Aufkleber an Oliver adressiert war. An das Paket war ein Umschlag geklebt, und das Ganze war per Kurier geliefert worden.

Ich nahm es mit hinein. Die Sonne schien durch die hohen Fenster. Ich öffnete eines davon und hörte eine Amsel in höchsten Tönen draußen auf der Platane tirilieren. Ich zog meinen Mantel aus und blätterte die andere Post durch, die uninteressant war. Nichts war für Oliver bestimmt.

Und so entfernte ich den Umschlag von dem Paket und öffnete ihn. Ich glaubte da schon nicht mehr, dass Oliver je zurückkehren würde und ihn selbst öffnen könnte. Oliver war tot. Ertrunken. In nicht allzu langer Zeit würde ich das mit eigenen Augen sehen.

Der Brief kam von einem Notariat in Cambridge. Er enthielt einen Scheck über tausend Pfund, Oliver von seinem alten Tutor Theo vermacht, »um sich ein Geschenk davon zu kaufen«. Ich musste mir die Tränen aus den Augen wischen, bevor ich weiterlesen konnte und erfuhr, dass dem Brief auch ein Gegenstand beigefügt war, den Dr. Parmitter in seinem Testament ebenfalls Oliver vermacht hatte. Es erscheint sehr seltsam, aber als ich begann, das braune Papier zu entfernen, hatte ich keine Ahnung, um was für einen Gegenstand es sich handeln könnte. Ich hätte es wissen sollen, natürlich hätte ich es wissen sollen. Ich hätte das ganze Paket ungeöffnet nehmen, hinunter zum Verbrennungsofen tragen und verbrennen oder es mit einem Messer in Stücke schneiden sollen.

Stattdessen nahm ich nur das letzte Packpapier ab und schaute hinab auf das venezianische Bild.

Und als ich es tat, als sich mein Herz zusammenzog und meine Finger taub wurden, roch ich, ganz unverkennbar, einen leichten Hauch frischer Ölfarbe.

Dann begann ich die hektische Suche nach meinem Mann.

Er war nicht schwer zu finden. Hinter der Menge in ihren Masken und Capes und Dreispitzen, hinter dem schimmernden Kanal und den schaukelnden Gondeln und den flackernden Fackeln, sah ich die dunkle, vom Kanal wegführende Gasse und die Rücken von zwei großen Männern, schwer und breitschultrig, schwarz gekleidet, die mit ihren Händen die Arme eines Mannes umklammert hielten. Der Mann drehte seinen Kopf, blickte nach hinten und hinaus über die Welt des Gemäldes, schaute mich an, und sein Gesichtsausdruck verriet Entsetzen und Furcht. Seine Augen flehten und beschworen mich, ihn zu finden, ihm zu folgen, ihn zu retten. Ihn zurückzuholen.

Aber es war zu spät. Er war wie die anderen. Er hatte sich in ein Abbild verwandelt. Ich brauchte ein bisschen länger, um die Frau zu finden, und dann war es auch nur ein kleines Abbild, fast versteckt in einer Ecke, das Schimmern weißer Seide, das Aufblitzen eine Paillette, der Rand eines weißen Federbüschels. Doch sie war da. Ihr Arm war ausgestreckt, ihr Finger deutete in Olivers Richtung, aber ihre Augen schauten, genau wie seine, mich an, ganz direkt, in abscheulichem Triumph.

Ich sank auf einen Stuhl, bevor meine Beine unter mir nachgaben. Ich hatte nur eine Hoffnung. Dass die Frau dadurch, mir Oliver genommen zu haben, genau wie sie die anderen genommen hatte, endlich, endlich und bei Gott ihr Verlangen nach Rache gestillt hatte. Wer ist übrig? Was kann sie noch tun? Hat sie nicht genug getan?

Ich weiß es nicht. Ich werde es nicht wissen, obwohl ich nicht »niemals« sagen kann. Ich werde mit dieser Beklemmung, dieser Angst, dieser Bedrohung leben müssen, während all der kommenden Jahre, bis das Kind, das ich erwarte, erwachsen ist. Jetzt bete ich nur noch, und es ist immer dasselbe Gebet – ein törichtes Gebet, natürlich, weil die Würfel bereits gefallen sind.

Ich bete darum, keinen Sohn zu bekommen.

Susan Hill

Susan Hill wurde 1942 in Yorkshire geboren. Ihre Geister-
geschichten und ihre Kriminalromane um Simon Serrailler
haben sie zu einer der populärsten britischen Schriftstelle-
rinnen gemacht. Ihr Gothic-Roman *Die Frau in Schwarz*
(im Kampa Verlag in Vorbereitung) läuft als Theateradap-
tion seit über dreißig Jahren im Londoner West End und
wurde 2012 erfolgreich mit Daniel Radcliffe in der Haupt-
rolle verfilmt. Für ihre Romane, Erzählungen und Jugend-
bücher wurde sie mit zahlreichen Preisen ausgezeichnet,
darunter mit dem Somerset Maugham Award, und zum
Commander of the British Empire ernannt. Susan Hill lebt
in Norfolk in einem alten Bauernhaus, in dem in jedem
Winkel Bücher stehen, die im Winter gut isolieren.

Bei Gatsby im Kampa Verlag sind bereits die hochgelobten
Romane *Stummes Echo* und *Wie tief ist das Wasser* sowie
die Geistergeschichte *Die kleine Hand* erschienen, außerdem im Kampa-Programm der Serrailer-Krimi *Phantom-
schmerzen*. Weitere Bände sind in Vorbereitung.